評伝 赤城さかえ

——楸邨・波郷・兜太に愛された魂の俳人

日野百草

コールサック社

目次

第三章　人間・赤城さかえ――結核療養、友、妻、句集、評論

資料編

評伝　赤城さかえ

――楸邨・波郷・兜太に愛された魂の俳人

日野百草

序に代えて

二〇一七年、現代俳句協会は結成から七〇周年を迎える。その前年の二〇一六年には、新俳句人連盟が七〇周年を迎えた。多くの先達が俳人として、また俳論家、俳史研究者として戦後俳句の礎を築いて来たが、この長い年月の中、主要俳人であっても死後に消えた、消えかかっている俳人も少なくない。

その中のひとりに、赤城さかえがいる。

赤城さかえは黎明期の現代俳句協会の幹事であり、新俳句人連盟の中心的存在の一人であった。赤城さかえと聞いて彼の代表的な評論「草田男の犬」すら出てこない俳人も多くなった。それどころか、若手に至っては赤城さかえという名前すら知らない者も多い。女性と間違う人もいる。

しかし赤城さかえは戦後俳壇における、重要な俳人、俳論家の一人であり、その評論や提言は今日の現代俳句にとって重要である。むしろ、現代の高齢化、先行きの見えない俳壇において、再評価、再読すべき作家の一人である。

赤城さかえの人生は、病気と挫折の繰り返しであった。

過去、赤城さかえを評する者の中には「インテリのお坊ちゃん」「コミュニスト」「境涯俳句の人」「政治色の強い俳人」というレッテルを以て語る者も少なくない。しかし、いまでは数少なくなった実際に知る者、事細かに紐解いた者 —— この人々の言を、記憶を、そして記録を辿るならば、決してそのようなステレオタイプな型にはまるような俳人でも、俳論家でもない。むしろ彼の師である加藤楸邨の教えの実践者であり、人生派、生活派としてその先を求めた挑戦者であった。人間諷詠と社会諷詠におけるリアリズムとロマンチシズムこそがさかえの目指すところであり、それに立脚した上での俳論であった。人々の生活と希望、いわゆる民主的俳句に昇華しながらも、伝統的な有季定型と写生を愛した。人間を愛したさかえにとって俳句とは一元的なものでも、ジャンルに限定されたものでもなく、多元的に興味を引く文学であり、人生の大半を病人として生きた彼にとっては一生を捧げるに相応しい自己表現の手段であった。

だがその俳句、俳論に対する姿勢、多面性は、さかえの弱点でもあった。その点については、とくにさかえの俳句、とくにさかえの社会性俳句と彼の論との矛盾点、句作における致命的な錯誤に関しても併せて論じたい。さかえの本音とともに。

戦後の赤城さかえを作り上げたものは一生涯に渡る病気と幾度もの挫折、これがさかえを強くした。それは時に弱点ともなった。

病気と挫折、そして楸邨の弟子として、石田波郷の盟友として、保守革新の枠に縛られない俳論家として、縦横無尽に筆を走らせた赤城さかえの人生と作品、そして思想の真実を紐解いてみようと思う。資料はそれなりに残っていたが、赤城さかえを実際に知る者は少なくなった。それでも可能な限りの証言と記録から、これまでの赤城さかえの単なる伝記の類いではない、新たな評伝として残るよう務めたく思う。

二〇一七年一月、立川の病棟より　　日野百草

補足

本書は二〇一七年二月、古沢太穂師系、月刊俳誌「鷗座」に二〇二〇年二月号まで「悔も若し――赤城さかえ評伝」として三年に亘り掲載されたものを、書籍化にあたり大幅に改稿したものである。連載を始める矢先の二〇一六年十二月に急性心筋梗塞を発症、連載第一回の「序に代えて」は病室での執筆となった。幸い命はとりとめ、その間に何度も入退院を繰り返したが、ちょうど三年目の二〇二〇年二月、全三十七回の連載を終えられたことは幸いである。奇しくも赤城さかえが「馬酔木」で連載した「戦後俳句論争史」と同じ三年であった。

なお参考文献は本文中、および末尾に記載した。また現代仮名遣い、歴史的仮名遣いは原文をなるべく尊重したが、仮名の乱れ、混在も含め、各作家による仮名遣いは一次資料および二次資料の表記に従った。ただし名前の表記ぶれについては明らかなもの、典拠なきものは誤字とみなして修正した。また引用文中であっても、適宜ルビを付した。旧字も一部は新字に改めた。

八方に夏のあをぞら悔も若し　　赤城さかえ

第一章　戦前――地下活動家・藤村昌から、俳人・赤城さかえへ

さかえと昌《さかえ》

赤城さかえの俳壇デビューは遅い。俳句を始めたのが昭和十六年で三十三歳ごろ、俳論に至っては戦後の昭和二十二年で三十九歳である。今なら十分若手だが、現代の俳壇と違い、俳句愛好家の多くは十代、二十代の若者であった。しかも昭和四十二年、五十八歳で亡くなっているため、作家としての活躍は二十年足らずである。結核の罹患も後年の印象に比べると遅く、発症は三十二歳である。昭和鉱業（昭和ＫＤＥ、かつての森コンツェルンの一角）に就職して二年ほどのち、北海道の鉱山で発症している。さかえは生まれて三十年以上、俳句と無縁の人生を送っていた。

ではそれまで何をしていたかというと、東京帝国大学文学部在学中の昭和七年に日本共産党の東大細胞として機関紙「赤旗」を手伝っていた。と書くと現代の牧歌的なイメージで捉えがちだが、当時は非合法組織であり、大げさでなく命がけの地下活動であった。その後、昭和十二年に二十九歳で陸軍に召集、坐骨神経痛で運良く除隊となり、先の昭和鉱業に入社することとなる。

と、まずはざっと俳人・俳論家赤城さかえが世に出る前を書き出してみた。いわば「赤城さかえ」というより、「藤村昌（ふじむら　さかえ）」の青年期である。先の「序に替えて」において、赤城さかえの人生は病気と挫折の人生だったと書いた。「赤城さかえ」が病気の人生だったとするなら、「藤村昌」は挫折の人生であった。まずは藤村昌のとしての誕生と青春、そして赤城さかえとなるまでを鳥瞰する。

赤城さかえ、本名、藤村昌は明治四十一年、広島市に生まれた。父の藤村作《つくる》は東大卒。広島高等師範学校（広島大学）教授を経て、のちに東京帝国大学の教授、名誉教授、東洋大学の学長にまで登りつめた文学博士である。他にも二松學舎大学教授、大正大学教授、関東女子専門学校（関東学園大学）名誉学長を務め、日本文学協会を設立、初代会長ともなった。さかえは二歳の時、その父の東大赴任にともない広島から上京、偉大な学者の父のもと、東京府豊多摩郡千駄ヶ谷町（東京都世田谷区千駄ヶ谷）に育つ。千駄ヶ谷尋常小学校から府立五中（都立小石川中等教育学校）、旧制山形高等学校（山形大学）から父と同じ東大文学部へと進んだ。

実のところ、さかえは病弱ではなく大変健康な青年であった。五中時代から東大までサッカー部で活躍し、山形時代にはスキー部にも所属している。文武両道、まさしく父と同じエリートの道を歩んだ。若き日のさかえについて姉の宮子（法政大学名誉教授、近藤忠義夫人で作詞家）、そして妹のちとせ（千葉大学名誉教授、荻原浅男夫人）が書き残している。※以下『赤城さかえ全集』追想記「弟のこと」近藤宮子、「兄の想い出」荻原ちとせ、より出典。

宮子「彼（さかえ）は大柄で肥って背丈も高く、一見茫洋としていました。が一面、神経質で
　繊細なところもありました。風貌から「仇名」は「西郷隆盛」」
ちとせ「野原の両側の少年達の間に石投げの喧嘩が起って、先頭に立った兄（さかえ）が敵の
　大将の頭に石をぶつけ怪我させた為、四・五歳位の私は、母と一緒に菓子折を持って
　謝りに行ったこともある」

さかえの少年期、青年期は西郷隆盛と仇名されるほどの丈夫であり、健康そのものであった。

宮子「庭の手入れや少々の畑を作ったりしてくれてた爺やさんは、「この坊ちゃま大物だ、きっと偉くなるぞ」と言い言いして大のひいきでした」

ちとせ「父（藤村作）が思いがけずひどく喜んだ東大教育学科を選び」

と周囲の期待も大きかった。しかし、藤村昌は赤城さかえの道を進み始める。

さかえの生涯の支えとなるマルクス主義、コミュニストの道を。

宮子「たまたま私は掃除に入る折に、好奇心から秘してある本を窺き見したことがあります。所謂発禁書らしく、×××の伏字だらけやドイツ語の原書類で、当時の私には全くのチンプンカンプンでした。兄が寝てから夜中に読んでいたようでした。ハラハラしながら、私は親にも誰にも黙っていました」

ちとせ「地方の高校から東大に帰って来た彼は、間もなく、当時の怒濤のような左翼運動に巻き込まれ、私どもの前から姿を消した」

さかえはコミュニストとして、日本共産党の地下活動に入る。昭和七年、さかえ二十四歳であった。

さかえ「出生の日、庭の池に菖蒲が咲いていたので、菖の字にちなんで昌と命名した由、さかえと訓む人がほとんどいないのでペンネームの方では仮名書にした。赤城の由来についても、しばしばたずねられるので、この際明らかにしておこう。私が大学時代に党組織の責任者兼オルガナイザーとして、つまり階級的な社会人として、おさないながらの決意と不安とをいだきながら一歩をふみ出した間、当時の非合法化の必要からつけたペンネームが赤城というのであった」

以上は赤城さかえの初句集『浅蜊の唄』（昭和二十九年・書肆ユリイカ社刊）の「あとがき」から抜粋した。赤城さかえとは俳号ではなく、元々は共産主義活動における偽名であった。

二十四歳の藤村青年はコミュニスト、赤城さかえとして昭和七年ごろから地下活動を始める。東大在学中のまま、いわゆる「東京大学細胞」である。先にも書いたが、当時において共産党に入党するということは、戦後のそれとは全く違う意味を持つ。自由権が不当に制限されていた当時の大日本帝国において、思想の自由、結社の自由は厳しく規制されていた。昭和七年といえば、前年の満州事変を皮切りに第一次上海事変、満州国建国、五・一五事件と戦争への道をひたすらに突き進み始めた時期である。第一次上海事変では「爆弾三勇士」が喝采を浴び、関東軍の満州占領と満州国建国、そして青年将校有志や右翼集団による犬養毅《いぬかいつよし》首相暗殺というテロル——揺らぐ国体と不穏な社会情勢の中、国家統制はより厳しくなる一方であった。そのような時代にコミュニスト、共産党員になるということは自らの死だけではなく、自らの家全体の社会的な死を意味するものであった。ましてさかえの父は東大教授である。自らの行いによっては父の立場も危うくなる。順風だった自らの進路も絶たれかねない。それでもさかえは「階級的な社会人」として「一歩をふみ出した」のである。その決意の真意は、いまは語らないでおこう。戦後、さかえがデビューした時、その真意は数々の論文に十分過ぎるほど語られるからである。ただ、さかえに限らず、「何が正義か」ではなく「何が悪か」。「何が正しいか」ではなく「何が間違っているか」を社会に投げかけることの出来る人間こそが、社会に対して為すべきことを為しうる。さかえはそうした民主的活動の道を選んだ。

しかし、赤城さかえは父同様のエリートとしての道はもちろん、自らの平穏と引き換えにしたコミュニストとしての道をも絶たれてしまう。これこそが、「序に代えて」で触れた藤村昌としての挫折と、赤城さかえとしての挫折という二つの挫折である。

東大細胞の一員として、学内のオルグと「赤旗」の編集に参加するようになったさかえは地下活動にのめり込み、原稿の執筆から「赤旗」の発送まで手伝うようになった。ちょうど「三十二年テーゼ」がコミンテルンで決定されたころである。プロレタリア革命をひとまず置き、明確に天皇を頂点とした支配体制（ブルジョワ民主主義）を打倒すべきと定義した反ファシズム解放闘争の決定である（いわゆる二段階革命論）。入党したばかりのさかえは純粋にコミュニストとして、世のために邁進していると信じて疑わなかったに違いない。何不自由なく育った大学教授のご子息で東大生――姉妹が回顧する通り、生真面目で繊細かつ大胆な青年にとって、日本共産党における地下活動は自ら社会を正すというダイナミズムに満ちた青春であった。

しかしその年の昭和七年十月に起った熱海事件（日本共産党の熱海温泉における極秘幹部会が特高に察知され全員逮捕）をきっかけに党は崩壊する。密告者や裏切り者がいるのではと疑心暗鬼になっていた党員たちの一部が犯人探しに躍起になり始めた。その容疑に入党間もない赤城さかえも加えられていた。当時の特高は手段を選ばない。「スパイM」などによる破壊工作によって民主的活動をことごとく潰したことは周知の事実である。

このときの赤城さかえについて石原八束が『赤城さかえ全集』序文の「赤城さかえ追想」に残している。石原八束は山梨県出身で石原舟月の子。飯田蛇笏、龍太の「雲母」で活躍、その後は三好達治に師事、松澤昭、柴田白葉女、文挾夫佐恵らと「秋」を創刊、のち主宰。矢羽勝幸や佐怒賀正美を育てた。経歴の限り、文学観も思想的にも相容れない間柄にしか見えないが、八束が「赤城と親しくつき合うようになるのは昭和三十年頃のことになるであろうか」と記すとおり、療養所で石田波郷に紹介されて以来、さかえとは思想を別にした友人であり、よく面倒をみた。さかえの結婚式も葬式も司会は八束である（結婚式はさかえの命令、葬式は古沢太穂の命令とは八束の談）。自身も同じく結核に罹患した経緯もあるのだろうが、八束のこうしたコミュニスト俳人との関わりは表現者、ヒューマニストとしての他者に対する分け隔てなき敬意の現れであり、一連の献身を見るにつけ、八束は人格者だ。

八束「（さかえは）東大に進んだが、時代は昭和初年の左翼思想の活動期であった、学生運動の嵐の中にまきこまれていったのは、彼だけが例外というのではない。同世代の活動家には亀井勝一郎、山本健吉等の諸家がいたこと、およびその頃の学生運動の実情について、私はかなり詳しく赤城から聞いている」

八束はここで、あえてさかえからの伝聞として亀井勝一郎と山本健吉が共産党活動に加わっていたことを記している。

八束「ある会合の席で亀井・赤城の両氏が「しばらく」といって目を輝かせて挨拶するのに私は立合ったことさえあった。山本氏がこの運動をいっしょにしたことについては、山本氏自身も「自叙伝」に書いているから、氏の名前もここに出したのである」

きっちりと出典も付け加えるところが誠実な八束だろうか。確かに、健吉の「自伝抄」（『山本健吉全集』第16巻収録「往時渺茫」項「自伝抄」収録、268頁―274頁、さかえについては270頁）によれば、

健吉「私はこれまで、私の左翼体験については、ほとんど語ったことがない。私自身自慢できる話と思わず、若気の至りと思っているから、吹聴する気はなかった」

これはよく知られた健吉の戦前の共産党活動に関する告白だが、彼はこの中で「救援会」での活

動に言及している。救援会とは政治弾圧や労働事件の被害者を支援する会で、日本で最初の大規模な労働運動とされる一九二〇年代に群発した千葉県野田市の野田醬油労働争議が契機となった。健吉のころは解放運動犠牲者救援会という名称で、戦後は日本国民救援会となる。当時はモスクワのモップル（国際赤色救援会）に加盟していた。慶應義塾大学の塾生だった健吉は「慶應班」で中央常任委員でもあった。昭和九年、淀橋署に留置されるが、署をたらい回しにされた宮本百合子（作家、宮本顕治夫人）とも遭遇している。「刑事部屋の机に足を上げて、傍若無人の態度だった」とさすがの貫禄、女丈夫ぶりに「刑事たちはかげでぶつぶつ言いながら、面と向かっては何も言わなかった」と健吉は回想している。そんな活動の中で、さかえとも出会った。

健吉「思い出すと、渺茫とした記憶のなかに、いろんな人物の顔が現れては消える。中には本名の分からない人たちもある。（中略）あとではっきりその本名が分ったのは、藤村作の息子で戦後に赤城さかえと名のった俳人、この人はいつもにこにこしていたが、戦後は社会性俳句論で知られた」

さかえに関しての記述は数行で、健吉が「思い出しても気の毒で仕方がない」「ぷっつり連絡が切れたと思ったら、この人もつかまったと聞いた」「やがて行方知れずになった」と他の名もなき活動家にも触れている。自由のない国というのは斯くも恐ろしく、さかえもまた、禍乱の只中にあった。さかえは党と、そして特高から逃げるように消えた。やがて東大も自然退学となった。赤城さかえという名は捨てられ、挫折者の藤村昌だけが残った。
熱海事件以降の共産党は混乱を極め、仲間に対する追求やスパイ疑惑の犯人特定に血眼になっていた。まんまと特高の罠にはまったのだ。
入党間もないさかえも逃亡した。何より特高に捕まるわけにはいかない。頼りの仲間すら、信用出来ない状況におかれていた。
さかえは逃亡し、東大を自然退学となったわけだが、いったいその後どうしていたのか。『赤城さかえ全集』の年表「赤城さかえ年譜」はこの部分がすっかり抜け落ちている。結核療養所以降のさかえの記載に比べるとお話にならないほどである。

一九三二年（昭和七年）二四歳
地下活動に入る。「赤旗」の編集に参加。

この頃「赤旗」は第六十九号から活版印刷となり、五日刊（ときには三日刊）の定期発行、発行部数七千。活版は第百六十五号まで。原稿の執筆から地方への発送までの任務を負う。日本共産党「三二年テーゼ」を決定。

一九三六年（昭和一一年）二八歳
松永妙と結婚。

と、この四年間がすっぽり抜け落ちている。

松永妙は最初の妻で、のちに離婚している。それは後述するとして、赤城さかえの名を捨てた逃亡者、藤村青年はどこへ消えたのか、何をしていたのか。

この『赤城さかえ全集』の編集委員会代表、新俳句人連盟副会長で俳人の望月たけし氏に伺った。たけし氏は赤城さかえ唯一の弟子である。中学卒業後、採石場で過酷な労働を続ける中、ロシア文学者の秋葉俊彦（兄は医学博士で考古学者の中山平二郎）の知遇を得、学問に触れた。秋葉が俳句も嗜んでいたため、たけし氏も見よう見まねで始め、当時の人気雑誌「人生手帳」の俳句欄に投句をするようになる、その選者が赤城さかえ本人で、さかえは自ら採石場に現れ、たけし氏を激励した。やがてたけし氏はさかえの推薦で新俳句人連盟に入り、リアリズム俳句の傑作、句集『石切り夫のうた』を上梓する。

越谷駅で会ったたけし氏は、いつもの柔和な笑顔で『赤城さかえ全集』を回想してくれた。

たけし「あの全集は最初、太穂先生がやるはずだったのですが、とてもお忙しい方なので無理だった、そこで私に仕事がまわってきたわけです」

古沢太穂《たいほ》は社会性俳句の代表的俳人で長く新俳句人連盟の会長を務め、現代俳句協会の顧問でもあった。赤城さかえと同じ「寒雷」加藤楸邨《しゅうそん》門下で創刊同人、一九八〇年には句集『捲かるる鷗』で第十二回多喜二・百合子賞を受賞している。また一九八三年には第三十二回横浜文化賞を受賞。

富山の芸妓置屋の子として生まれ、結核に蝕まれた療養所暮らしの中で楸邨に出会った。コミュニスト俳人として社会性俳句、民主的俳句運動の先頭に立ち、思想信条を越えて多くの俳人、文学者に影響を与えた巨人である。二〇〇〇年三月二日没。神奈川文学館閲覧室入り口に〈ややは冷え来し芸亭《うんてい》のさくらかな〉、根岸森林公園には〈少年どち若葉染みに来くつわ展〉の句碑が残っている。太穂が主宰した「道標」からはたけし氏をはじめ板垣好樹、岩間清志、松田ひろむ、谷山花猿、岡崎万寿など数多くの俳人が育った。もちろんさかえも参加している。

たけし「さかえは余り自分のことを語らない人だった。もっとも人生のほとんどは病人で、再入院や転院を繰り返していたから語るも何もなかったし、表舞台に出てくることも少ない人だった。だからお姉さんと妹さん（前出の回想録のお二人）に原稿を貰ってね、でもあの全集の段階では故人で、それ以外にさかえの若いころを知る手立てはなかったわけです。だから本人が句集『浅蜊のうた』のあとがきで書いていることと、「俳句人」のバックナンバーでさかえのことを知る諸先輩方がさかえについて言及していることを中心に年譜を作ったのですが、やはりその「空白」の部分はいかんともし難かった」

それでもまったく語らなかったのだろうか、たけし氏に尋ねると、意外な答えが返って来た。

たけし「でもあちこちを転々としていたことは知ってました。逃げてたんでしょうね。何でも知多半島でペンキ屋をやっていたらしい」

あの赤城さかえがペンキ屋？　これはさすがに驚いた。

たけし「それがね、私が知る限りで唯一、当時の赤城さかえの手がかりを書いた人がいるんです。小中陽太郎さんです。それで知ったのです」

小中陽太郎といえば作家で日本ペンクラブの理事を務め、小田実と「べ平連」を立ち上げた重鎮だ。「マスコミ九条の会」の呼びかけ人でもある。しかし年齢がまったく噛み合わない。

たけし「小中陽太郎さんがね、『青春の夢』というのを書いているんです。なんでも三十年も取材した大著とか。そこにね、当時の赤城さかえのことが言及されているんです」

塗装工、国井

『青春の夢』は『青春の夢　風葉と喬太郎』というのが正式名で、作家の小中陽太郎が一九九八年に発表した。愛知県の南端、知多半島の小栗家に焦点を当てた作品である。『青春』や『恋ざめ』の小説家、小栗風葉と弟の儀造、そしてその子、小栗喬太郎の明治大正昭和に渡る長編である。小栗喬太郎はコミュニストでドイツ共産党の党員でもあった活動家、一九四〇年には治安維持法違反で逮捕されて二年の獄中生活を送っている。戦後は労働運動に尽力した。赤城さかえに関しての記述は「第十七章　いつわりの日々」にあった。

以下は小栗喬太郎の回想録より。

――さて喬太郎は、名古屋に戻っていた岡部の紹介で、これまたこの時代特有の陰影を帯びる男に出会っている。その青年は知多の寺本におり、国井と名のっていた。

（中略）

――そこで私は、また家をとび出して国井の家に厄介になることにした。国井はペンネームで、東大の有名な国文学の教授、藤村作の息子で、学生運動から党の組織とも関係があり、細胞新聞等の発行の経験をもっていて、当時の運動の実状を話してくれた。

もうおわかりであろう。この国井こそが、元・赤城さかえ、藤村昌青年である。さかえは「国井」という第三の名を騙り、遠く知多半島に潜伏していた。

――喬太郎は国井と一緒に、労働者にオルグしようと、名古屋で働きはじめる。

その秋、国井と一緒に名古屋に引越し、彼は自動車の修理工場へ、私はベニヤ工場へはいって働らくようになった。ふたりともそれぞれ職場をもって腰をおちつけて、重要な工場の労働者と接触し、それらの工場に細胞をつくることが今のわれわれの使命であると確信していた。

国井となった赤城さかえは、潜伏先でも偽名で労働階級の中に入り、オルグしようと活動していたのだ。仕事は自動車工場の塗装工。インテリ一家のお坊ちゃんには過酷な重労働である。小栗喬太郎もベニヤ工場では「奥田」と偽名を使っていた。喬太郎は裕福な材木問屋の息子だった。それなのにマルクス主義に浸透し、実践する彼と、同じく東大教授の息子で非合法活動を繰り返し逃亡中のさかえとは、生粋の無産階級の出身ではないコミュニストという、どこか似た者同士のシンパシーを感じ合う部分があったのかもしれない。

ところが回想によれば、さかえはオルグ以上に塗装に熱心だった。

――「塗装で大事なのは、土台をいかになめらかにするかなのだ」と国井は熱をこめて語った。

――国文学者の息子で、大学では明治維新期の文化発展の基礎に興味をもち、徳川時代の庶民教育史を研究した青年は、いつまでも塗装の話をつづけた。

小栗喬太郎の回想だが、さかえの生真面目さはここでも発揮されていた。

しかし、国井となったさかえは再び消える。特高に逮捕されたのでもなく、まるで神隠しにあったように。それからしばらく、一通の手紙を小栗喬太郎は目にすることになる。

――それでやっと国井の疾走の理由がわかった。彼は、非合法活動に従事していて、徴兵検査に出頭せず全く別の男の戸籍で、国井という男になりすましていたのである。ところが、たまたま戸籍しらべに来た警官をてっきり徴兵拒否と戸籍法で逮捕に来たものと思い突然姿を消したのだということが分かった。

さかえは徴兵検査の出頭を拒み、逃亡生活を続けていた。

そしてこの逃亡生活には、ひとりの女性の影がある。それが、先に出たさかえの最初の妻、妙である。『赤城さかえ全集』の「赤城さかえ年譜」によれば、

一九三六年（昭和十一年）二八歳

松永妙と結婚。

一九五六年（昭和三十一年）四八歳

松永妙と協議離婚。

となっているので、太平洋戦争を挟んで二十年連れ添ったことになる。そして、

一九五八年（昭和三十三年）五〇歳

四月五日山崎聡子と結婚。

後妻となった山崎聡子とは添い遂げているが、さかえは一九六七年（昭和四十二年）に死去しているので結婚生活は十年に満たないことになる。

それにしても妙との暮らしは謎が多い。さかえは彼女のことをほとんど触れていない、そして俳句にも詠んでいない。聡子との俳句はあるが、妙との時代の俳句に明確な妻句はない。『赤城さかえ全集』や「俳句人」のバックナンバーなどすべて確認したが、一九五六年以前の妻句は無かった。父や母、子（妙との間に出来た娘、燿子）の句はあるのに妻句は、妙を詠んだ句であろう作品は見当たらない。

かくて春暁いくたび母を起し、
春暁の母呼ぶ鈴を振り鳴らす

母にわれに片蔭りなき道はるけし
はるかなる寒夜に母の声まじる
母を寒夜へ帰し、安堵麻薬の裡
梅雨夜母わが足を揉む愛撫に似て

それぞれの病気療養、大病には母、季子《すえこ》を詠んだ句が散見される。しかし妙を詠んだ句はない、かといってさかえが妻句を詠まなかったかと言えばそうではなく、後述するが再婚した聡子を詠んだ句は残っている。

果たして松永妙とは何者だったのか。聡子に関しては「みとりの記」などさかえに関する記述があるのでまだわかるのだが、妙自身は何も残していない。一石路や夢道、太穂らもとくに言及していない。しかし一九五二年（昭和二十七年）二月七日消印の古沢太穂宛の手紙ではすでに「妻との離婚も今年中に片づけねばなりません（飛鳥田氏は全然返事をくれませんので、私一人で処理するほかないのです）」と書いている。離婚には相当な時間を要したことがわかる。

先に書いた通り、妙は戦前からの共産党員で、さかえとは東大細胞の同志であった。明治大学の学生だった妙は、さかえとともに非合法活動を展開し、そして一緒に知多半島に逃亡した。

妙はさかえの死の二年後、一九六九年に六十一歳で亡くなっている。そして一九六七年（昭和四十二年）、かつてさかえとともに逃亡した先の知多半島、世話になった小栗喬太郎の実家、小栗家に手紙を書いている。

「私、御っしゃる通り、藤村（赤城さかえ）の前妻でございます。今、（赤城は）ガン性腸炎の末期的症状で安静にしています。私の名を出さずに手紙を出してくださいませ」

妙は別れてのちも最期まで、さかえのために同志として、妻としての役目を果たしていたのだと思う。

転向、結核発症

東大を自然退学し、共産党のスパイ疑惑からも逃れ、遠く知多半島に潜伏していた赤城さかえは、昭和十二年、妻の松永妙との間に長女、燿子を授かる。

逃亡生活の中、すでに赤城さかえは二十九歳となっていた。

家庭を持った赤城さかえはその年、ついに兵役を受け入れ、東部第七二部隊（野戦重砲兵第八連隊）に臨時召集される。日中戦争の真っ只中である。ちなみに同じく俳人で高濱虚子門下「ホトトギス」の長谷川素逝も第十六師団野砲兵第二十二連隊の砲兵少尉として、こちらは南京を始めとする最前線に従軍している。この時の体験を句集にまとめた作品が戦争詠の傑作『砲車』である。またのちに新俳句人連盟を設立する栗林一石路は広東に従軍して「兵隊とともに」を、そして河東碧梧桐門下「海紅」の瀧井孝作（折柴）も内閣情報部付の従軍記者として武漢に従軍し、「武漢作戦従軍記　上海より盧州まで」をレポートしている。太平洋戦争ばかり取り上げられるが、その端緒である日中戦争にも多くの俳人が赴いている。しかしさかえは慣れない軍役から応召後すぐに坐骨神経痛を発症、陸軍第二病院に入院し、その年に除隊となる。この時の体験をさかえは「年とった現役兵としての特異な体験をもつこともできた」と句集『浅蜊の唄』あとがきで触れている。

その後、さかえは世田谷区の烏山に新居を構える。実際に土地を探し、家の設計をし、自ら建築現場に住み込んだ。その資金のほとんどは、もちろん父、作の用立てである。

さかえの父、作は昭和十一年、すでに東大を退官し、兼任していた東洋大学の学長もその翌年、さかえが新居を作っている頃には辞めている。作の立場も難しかった。息子が非合法活動で逃亡、一時は徴兵からも逃れていたことは、東大教授、東洋大学長としての立場を脅かすに十分だった。ましてや作の娘、長女の宮子の夫は法政大学教授の近藤忠義で、愛弟子が婿となることは嬉しかったが、彼もまた若き左派論客であり、特高にマークされていた（のち治安維持法で逮捕）。さらにさかえの実兄、聴《あきら》が急逝——日本を代表する国文学者、作の身辺にも限界が来ていた。翌年、作は妻とともに中国へ渡る。北京大学などで教えたとあるが、この北京大学は汪兆銘支配下の北京大学であり、実際の北京大学は長沙や昆明に逃げていた。ともかく年老いた作は息子や娘婿のために大変な晩年を送ったことになる。

そしてさかえは転向、共産党を捨てることになる。のちに昭和四十二年の「寒雷」三月号における「自選五十句自註」の中で、

愚碑銘（八月十五日）

泣き涸れて聴く一山の蟬しぐれ

毎月特高と憲兵の訪問をうけて生活をつづけ、擬装が作り出す自己崩壊を永年つづけている中に、意志の弱い、コミュニストがどう変わってゆくか、それをこの句が愚かしくも如実に語っている。

と詠み記し、また初句集『浅蜊の唄』において、

党から脱落し、敵の前に転向を表明した人間の生活が、どんなに汚辱に充ちたものであるか、私は今でも耳が熱くなる痛苦なしに、そのことを回想することはできない

と悔恨の一文を残しているが、さかえの盟友でもあった古沢太穂は、

太穂「赤城君は、戦前、東京大学在学中から、日本共産党中央機関誌「赤旗」の編集に参加し

ていた。そして弾圧をうけ、獄中で病気となり、転向を表明して出所したという」（「赤城さかえの死をいたむ」「赤旗」一九七三年三月六日）

と追悼文に記している。太穂の言が正しいとするなら、日本共産党入党→東大細胞→熱海事件→知多半島→逮捕収監→転向→出所→兵役ということになる。逃亡生活も限界だったということか。さかえの結核の発症は後述するが昭和十五年のことなので、ここで言う病気は獄中生活で体調を崩したということだろう。もちろん出所には、東洋大学学長、東大教授である父、作の尽力もあった。

昭和十三年、さかえは三十歳にして、初めてまともな会社勤めをすることになる。勤め先は昭和鉱業（昭和ＫＤＥ）。昭和電工や味の素を擁した戦前の財閥、森コンツェルンの一角である。妻と子を抱え、頼りの父も中国へ渡ってしまった。さかえは一家の主として安定した仕事につかねばならない。しかしさかえの仕事は、遠く北海道の炭鉱、せっかくの新居に住む間もなく単身赴任となってしまった。

主な仕事は炭鉱夫たちの管理であった。当時の炭鉱は日中戦争もあって増産に次ぐ増産の無茶が祟り、ただでさえ厳しい炭鉱労働だというのに、さらに過酷な労働環境にあった。またその年の北炭夕張炭鉱の爆発事故では死者一六一人を出し、不満をつのらせた炭鉱夫たちのストライキと暴動が頻繁に発生していた。さかえはその説得にあたった。

少し前までその炭鉱夫たちの味方として共産主義を掲げていたコミュニストが、会社勤めの途端に炭鉱夫たちを酷使するために懐柔する役目を担う――転向し、赤城さかえの名を捨てたサラリーマン藤村昌はいったいどんな気持ちで任に当たったのだろうか、それとも知多半島時代のように、密かにオルグは続けていたのだろうか。この時代のことをさかえは詳しく言及しておらず、前掲の自注において、転向後の苦悩を述べるのみである。

そしてついに、昭和十五年の夏、運命の年――さかえはこの北海道の鉱山で結核を発症する。一生涯をかけた病との闘いが始まった。翌年になっても改善の見込みなく、さかえは昭和十六年、神奈川県逗子市の逗子湘南サナトリウムに入院する。

太平洋戦争開戦の、まさにその年であった。

サナトリウム、俳句との出会い

かつて、神奈川県の湘南地区は避暑地であり、結核と妾の地であった。

平塚の杏雲堂、茅ヶ崎の南湖院、鎌倉の恵風園、そして赤城さかえが入院した湘南サナトリウム（逗子）と、湘南の海岸線には結核療養所が立ち並んでいた。

また別荘地の管理人の多くは、妾であった。保養地・別荘地としての表の顔と、結核療養所・妾宅という裏の顔が混在していた。妾宅は別荘地の顔をして「寓居」とも呼ばれた。この地を舞台とした国木田独歩の『独歩病床録』はあまりに有名である。

結核は一九四四年にアメリカのセルマン・ワクスマンによりストレプトマイシンが発見され（一九五二年ノーベル医学賞受賞）、世界中の患者たちはたちまち快方に向かった。もちろん戦後、日本にも普及し、これら結核療養施設も徐々に使命を終えた。

それまで「不治の病」であった結核は、正岡子規、川端茅舎《ぼうしゃ》、長谷川素逝《そせい》、森田愛子といった俳人たちの命を奪っていった。また結核に罹りながらも戦後、生きながらえたのは石田波郷、古沢太穂、古賀まり子らである。明治期に死んだ子規はともかく、茅舎が昭和十六年、素逝が昭和二十一年、愛子が昭和二十二年に死んだこと、昭和十九年のストレプトマイシンの発見とを鑑みると、彼ら三人にはなんとも可哀想な話である。もう少し生きていれば、後者の戦後生きながらえた罹患俳人のように助かったかもしれない。

その茅舎が結核で死んだ昭和十六年、この湘南の地に、まだ俳句とはまったく無関係の藤村昌、後の赤城さかえは結核患者として療養することとなった。入院施設は逗子小坪の湘南サナトリウム。同病院は横光利一の『春は馬車に乗って』の舞台でもある。さかえ三十三歳、妻子を持つ、一家の主としての入所であった。

この湘南サナトリウム時代のことは、同じく入所していた新井綾子さんという方が「逗子小坪時代のこと」として記したものが『赤城さかえ全集』に収録されている。赤城さかえの湘南サナトリウム時代を綴った貴重な証言である。


新井「藤村さんは病を得て小坪に入院され、やがて松村（※筆者註・松岡の間違いであろう、原文ママ）たけをさん（「石楠《しゃくなげ》」・「寒雷」）の導きで作句をはじめられたのでした。（中略）それなりに楽しかったですが、やはり指導者がなくては、と藤村さんの強いご要望で巻子さんを通しお願いすることになりました」

松岡たけをという人は臼田亞浪《あろう》の「石楠」と加藤楸邨の「寒雷」に投句していた人物のようだ（ホトトギス同人の松岡たけを氏とは同姓同名の別人）。赤城さかえが俳句を始めるきっかけとなる人物で、さかえの第一句集となる『浅蜊の唄』の第一章「うみべのうた」でいくつか彼のことが詠まれている（さかえの入院後、間もなく亡くなっている）。また巻子さんというのは田中巻子で星野立子《たつこ》の「玉藻」同人、のちに「花辻」を主宰する人だが、綾子さんの俳句の先生であったようだ。

新井「が、相にくご都合がつかず、代りに鎌倉在住の山田雨雷さんが「ホトトギス」をご紹介下さり、この雨雷さんの熱心なご指導のもとに、（中略）院内に「椿」という同人誌を発刊するまでになりました」

山田雨雷はホトトギス同人で「鎌倉俳句會」を中心に活動していた人。さかえは彼に俳句を習うことになる。しかし、

新井「藤村さんは次第に「ホトトギス」の作風とは合わないものを感じられてこの集まりから離れ、何か納得のゆくものを求めてか、「石楠」「寒雷」「雲母」などを模索しておられたようです。」

「雲母」は飯田蛇笏の結社である。さかえは雨雷から花鳥諷詠の俳句を教わったが、すぐに見切りをつけたようだ。結局、のちに「寒雷」に落ち着くわけだが、綾子さんはこうも書いている。

新井「この頃は藤村さんにも、俳句の上で最初の苦しい模索の時代であったと思います。思想問題の挫折、そして社会人として再起されて間もなくの発病のなかで、はじめて接した俳句に大きく心を癒やされ、それだけに俳句に向ける熱意は、私どもとはまた違ったものがあったように察しられました」

コミュニストとして活動した果ての転向、妻子を持ちサラリーマンとなってすぐの発病と、さかえの絶望は究極であったに違いない。そこに俳句という文学が、すんなりとさかえの心に入ってきたというのか、いや、さかえの俳句に向かう発心は、そのような生易しいものでなかった。そのさかえの魂の爆発こそ、次に紹介するさかえの「敗北の記録」である。この文には『浅蜊の唄』のあとがきにも無かった、さかえの俳句に対する自身の姿勢とそのきっかけが強烈な筆致で綴られている。まさに赤城さかえの出発点を具体的に書き記したものであり、『浅蜊の唄』のあとがきよりさらに踏み込んだ「俳人・赤城さかえ」に対する自解となっている。「なぜ藤村昌は赤城さかえとして俳句を始めたのか」に対する答えこそ、この「敗北の記録」である。非常に重要な文章であり、『浅蜊の唄』のあとがきに匹敵する、いやそれ以上の赤城さかえという存在の誕生と成立との萌芽を記している貴重な資料である。昭和二十五年の「現代俳句」四月号に掲載された。

――私は、かつて現在流行の言葉で言うところの第二芸術論者であった。その私が短歌や俳句の実作までするようになるには、私を根本からゆるがすほどの大きな転機が必要だった。その転機というのは私の人生の一大汚点となった思想転向である。

（中略）

私の場合、転向は確かにとり返しのつかない汚点であり、損失でもあったが、私はその転向によって自分というものの弱点を思い知らされたとも言える。自己の限界を知るということは決して退嬰《たいえい》を意味するものではなく、むしろ自己の限界を知った上にこそ真の強さが築かれねばならぬのであろうが、私の場合は転向というかけがえのない代償を払って漸く自己の限界を知ることができたのである。

（中略）

私には、短歌や俳句は自慰、鎖閑の劣等文学としか思えなかったし、歌人、俳人を文学者とは考えて居なかった。このような私が、短歌や俳句というものに謙虚な関心を向けるようになるには、私の内部にマルクス主義と同居して来た近代主義の傲慢な鼻ッ柱が叩き折られねばならなかったのである。

（中略）

私は唯、小市民や中農の後れた層に主として愛好されているらしいという理由で、短歌や俳句を頭から軽蔑するという事に何等本当の根拠がないことに気付いたのだ。そういうい われなき近代主義の倨慢《きょまん》に身を置く限り、未だ未だ自分は民衆を理解することが出来ないということに想い到ったのである。

（中略）

実に苛烈な自己批判と、清々しい目覚めの記録である。

彼は限界状況に立ち、挫折の経験の果てに実存へと目覚めた。これまでの人生の瑕疵《かし》を、困難を自己の有限性として認め、内在するすべてを暗号のごとく解読することで超越した。凡百のコミュニスト、藤村昌は俳句と出会い、超越者、赤城さかえとなった。さかえにとって俳句は「包括者」であり、すなわち「神」であった。赤城さかえは俳句を知り、挫折の果てに民衆という真の実存に目覚めたのだ。

「敗北の記録」は赤城さかえ研究に重要であるだけでなく、一コミュニスト、いや思想を持つ人間の葛藤とそのゆらぎ、そして超越への一例としても興味深い。

――私は転向以後、極力自分を大衆の中に没入させようとつとめた。これは私という世間知らずのコミュニストが主義と組織から脱落してしまった場合の唯一の拠り所として民衆というものを求めたのであって、（中略）「人民の中へ！」はやはり一種の逃避であり、主義喪失者の止むない歩みであったと言えよう。

（中略）

――私が謙虚に現実を見、民衆から学ぼうと心掛けるようになったその限りではとかく現実を公式で割り切り、原則論で一切を裁断する傾向の強かった私に一つのプラスをもたらしたのである。

さかえの気づきは「人民の中へ！」と同時に、もっと素朴な、文芸としての「民衆から学ぼう」でもあった。

――短歌、俳句がたとえ小市民、中農層の後れた部分に愛好されているとしても、それが日本のプロレタリアートに愛好されない証拠にはならず、むしろプロレタリアートを含めた廣汎な大衆は短歌、俳句を通じて文学愛好の第一歩を踏み出すのではあるまいか、たとえ数の上では比較的後れた層に愛好されているとしても、広汎（先の「廣汎」と違いここでは新字、原文ママ）な大衆が愛好しているという事柄そのものに、非常に大切な問題があるのではあるまいか。こんな風に考えるようになったのである。

このように赤城さかえを変えたのは、生涯の師となる加藤楸邨であり、生涯の友となる石田波郷であった。

楸邨や波郷の「人間探求派」（赤城さかえはその名称の発端を昭和十四年の「俳句研究」八月号（改造社）「新しい俳句の課題」内としている）により、さかえは「世間知らずのコミュニスト」藤村昌から赤城さかえとなった。そのニュートラルな文学者としての視点は、のちに「草田男の犬」論争で存分に発揮されることになる。またさかえ評論の魅力でもある、さかえ自身の小ブルジョア的な俯瞰的視点に対する自己批判も俳論を通して展開されるが、それはまたしばらく後の話である。

うみべのうた

昭和十八年、院内サークルの「ホトトギス」や「石楠」に飽き足らなくなったさかえは、湘南サナトリウムの俳句仲間、松岡たけをの紹介で、加藤楸邨「寒雷」の誌友となる。

赤城さかえの最初の句友はたけをであった。さかえと同じく結核を患い、湘南サナトリウムを始め、各所に入院しながら「寒雷」や「石楠」に投句していた人である。出会ってまもなく若くして亡くなってしまったため、さかえとの付き合いは短い。

戦後出版する句集『浅蜊の唄』の、さかえの昭和十六年から昭和二十年までの習作期の句を収録した「うみべのうた」には、そのたけをの死を詠んだ句と悼句とが記されている。

――この年の十一月十五日、私を俳句に導き入れた松岡たけを慶応病院で逝去。その日友急ぎ訪ねきて訃をしらせ呉れる。

訃を聞きぬこゑ曳く丘の虫の辺に
訃を聞くや冬日のせゆく雲また雲
友逝きてひと日時雨の底に臥し

悼句
冬紅葉のこされし詩のかくもまた
葬《はふ》り日の落葉ときをり地に飜《かえ》る
友逝きて四日が昏れぬ時雨鵙
冬紅葉いよゝ濃き日や霊やすかれ

先に書いたように、結核は一九四四年のストレプトマイシンの発見により解決を見たが、大戦と戦後の混乱により日本への導入は遅れ、治るはずの多くの結核患者が命を落とした。彼に限らずこの時代、戦死した俳人も含め、心半ばに逝った若き無名の俳人たちはどれほどに悔しかっただろう。

しかし赤城さかえは生きながらえた。生涯病苦の中でも書き続けたさかえの胸に、最初の句友であった松岡たけをの無念と意志とは生き続けていたに違いない。そのたけをの導きで、さかえは生涯の師、加藤楸邨と出会った。

湘南サナトリウムにおいて昭和十六年頃に俳句を始めた赤城さかえは、昭和二十年十一月まで同地で句作をした。その間の俳句を収めたのが句集『浅蜊の唄』の第一章「うみべのうた」一〇五句である。サナトリウムの句会で「ホトトギス」の山田雨雷の指導を受け、納得しないところを「石楠」や「寒雷」を勧められ、さかえは加藤楸邨の「寒雷」を選んだ。「うみべのうた」はほぼ太平洋戦争中の句となるが、俳句を始めたばかりの習作期ということになる。

星空へ天明淡く草ひばり
つるみ峰わかれ一つは秋空へ
海光やときにバス来る冬木の道
枯木山さかればほのと萌えてゐし
海に向くわがあしうらや秋の風
さまざまの学童のこゑ冬に入る

後年の「自選五十句自註」においてこの「うみべのうた」からはたった三句しか触れていないが、赤城さかえという存在の変遷という点では価値のある収録である。

夜の雪のやみし風音立ちにけり

学童のこゑ湧く丘や芽ぶきそむ
松高き六月の風見上げけり

さかえにとってこの処女句集は、自問自答の日々をさらけ出すことへの必然であった。再入院した赤城さかえは同じ楸邨門下、石田波郷と同室になるが、さかえの後年の俳句には、楸邨よりも波郷の影響が強い。すでに壮年期を迎えた年齢で俳句を始めたさかえにとって、自身の不遇に対する鬱屈を吐き出すには、境涯俳句がもっとも適していたのであろう。「自選五十句」中の三句と自解を紹介する。

吹きとんで来し葉のいまだ風はらむ

昭和十六年十二月の作。同年夏結核発病以来安静を必要とする病状にあったが、私の内心には、まだ病気に徹しきれない鬱勃としたものがうごいていた。前掲の句には、そういう自分の心境が投影していると思う。湘南サナトリウムでできた句。

梅雨茸《つゆだけ》を蹴りころがして誕生日

誕生日は六月三日。サナトリウムの芝生の中からぽつんぽつんと梅雨茸が頭を出していた。

すでに、ベルリン陥落。戦局日々急を告げていた。

愚碑銘（八月十五日）

泣き涸れて聴く一山の蟬しぐれ

毎月特高と憲兵の訪問をうけて生活をつづけ、擬装が作り出す自己崩壊を永年つづけている中に、意志の弱い、コミュニストがどう変わってゆくか。それをこの句が愚かしくも如実に語っている。

以上が「うみべのうた」から「自選五十句」に選ばれた三句と自解である。さかえ自身の変遷を記録するためであったということがよくわかる。結核療養の身、父の作や家族に迷惑をかけられなかった。それでもさかえは何かを表現しなければいられなかった、それは俳句であった。習作期の句ではあるが、これらも含めてさかえ自身である。

昭和二十年八月十五日、終戦を迎えたさかえは、その三ヶ月後にサナトリウムを退所する。治ったわけではなく、戦後の食糧事情でサナトリウムの運営が厳しくなり、強制的に退所させざるを得なかったためである。

「うみべのうた」はこの昭和二十年十一月の、退所時の一句で締め括られている。

退院す
空青き丘よ穂草の風また風

さかえの目の前には、入所時とは違う、自由を取り戻した日本があった。ところで、終戦の八月十五日を、さかえはどのような心境で迎えたのであろうか。その回想が、戦後さかえが発行した「千歳文化」という雑誌の創刊号（昭和二十二年二月）に発表した「一年後の便り」という文章の中に書かれている。

あたしが過去に帝国主義戦争の反対者であったということ、そのあたしがいつか熱心な支持者になりさがってしまったということ。……あの詔書放送半ばに既に電撃の如く自分の過誤を悟り、身も世もなく泣き沈んでしまったそのあたしが、本当に自己批判によって正しく再確認するまでには、実に多くの日数が必要だった。

さかえは終戦の玉音放送をサナトリウムで聞いていた。そして泣いたという。ずっと苦しめられて来たはずなのに、さかえは泣いたのだ。嬉し涙ではない。これは転向し、体制に屈服したあげくにその体制そのものが敗北という、そのような選択をしてしまった自身に対する悔し涙であっただろう。さかえの抵抗は間違っていなかった。しかしさかえは転向してしまった。その悔恨である。

――ようやく静かな心で自己の過誤についてしっかりした判断が出来るようになったのは、あの年も押しつまった十一月の半ば頃だったと記憶しますし、しっかりと再起の目安がついたのは翌年、即ち今年の三月に這入った頃だったのです。

さかえは新しい日本に身を投じ、コミュニストとしての再起を決意した。まず翌年の昭和二十一年、「千歳文化会」という組織を烏山の自宅で立ち上げる。すでに父の作たち家族も無事、中国から引き揚げて来ていた。その父の作を会長に、地元烏山の下田病院（世田谷下田総合病院）の院長を後ろ盾にしたこの会は、町内会の民主化や引揚者の支援運動、生活共同組合の設立、米よこせ運動など、戦後の混乱期の日本の民主化問題に取り組んだ。

そして俳句の方は、戦時休刊していた「寒雷」が復刊しようとしていた。さかえも同じ寒雷の同志である古沢太穂に昭和二十年十二月三日、手紙を書いている。

――本日、小棟の駒田雄次郎兄より寒雷再発行の吉報を受け、併せて至急投稿を勧められましたので、とりあえず、別稿の通り同封にて拝送仕りました。（中略）小生も極最近迄湘南サナトリウムに在院致しをりましたが、此の度四年一ヶ月の入院生活を了へて退院仕りました。

差出人は藤村遐裔《かえい》、受け取った古沢太穂の回想によれば、赤城さかえのこの時期の俳号らしい。この俳号の理由は不明だが（「さかえ」をもじったものではないかと太穂は書いている）、ともあれ、さかえにいつまでも立ち止まっている暇は無かった。

終戦の日に泣くだけ泣いたさかえは、自己批判の末、きっぱりと新生日本へ歩み出す。俳句という新たな表現手段を携えて。

第二章　戦後——「俳句戦犯」追及と「草田男の犬」論争

新俳句人連盟結成

一九四六年（昭和二十一年）五月十二日、東京の小石川後楽園涵徳亭で新俳句人連盟が結成された。まだ敗戦間もなく、民は食うや食わずの時代である。日本はアメリカを始めとする占領軍の管理下に置かれ、国際的な自由を奪われていた。しかし、国内の自由は生まれ、人々は新しい民主主義国家としての日本を、腹をすかせながらも謳歌していた。

それは俳人たちも同様だった。とくに戦前、特高による京大俳句事件を始めとする新興俳句弾圧事件で逮捕、勾留された俳人たちはさっそくその自由を得て動き出した。

東京三（秋元不死男）、富澤赤黄男《かきお》、三谷昭、栗林一石路《いっせきろ》（栗林農夫）、橋本夢道という錚々《そうそう》たる俳人たちが集まり、新俳句人連盟を結成、一石路が幹事長となった。栗林一石路はプロレタリア自由律を代表する俳人。夢道とともに荻原井泉水《せいせんすい》の「層雲」同人で離脱後は新興俳句弾圧事件に連座、巣鴨拘置所に送られた。長野の青木村出身で貧しさの中にも民主的な自由律を詠み、社会性自由律運動の中心人物として活躍した。故郷の青木村郷土美術館に〈シャツ雑草にぶつかけておく〉の句碑が残っている。

この席に赤城さかえはまだいない。入会するのはもう少し後である。

しかし、この戦後まもなくの新俳句人連盟結成と直近の動きを見なければ、なぜ赤城さかえが「草田男の犬」を始めとした初期の評論を書いたか見えてこない。従って新俳句人連盟の機関誌である「俳句人」創刊号から一年余を紐解き、この時代の俳壇の動きや動静を、所謂当時言うところの「進歩的傾向にある俳句」（沢木欣一）を詠む俳句集団の側の視点から見ていきたいと思う。
「俳句人」創刊号は同年十一月一日付で発行されている。前書きは岡邦雄の「詩人たれ」。岡邦雄は科学史家で東大の助教職を共産主義活動で解雇され、治安維持法で逮捕された生粋のコミュニストである。ちなみに新俳句人連盟は半年先立つこと六月十六日、日本民主主義文化連盟に加盟している。これと同時に幹事会で議決された「俳人の戦犯追及」問題はやがて連盟の足かせとなる。

　創刊号の俳句欄は豪華だ。巻頭ページに日野草城、西東三鬼、石田波郷と並ぶ。その後も橋本多佳子、藤田初巳《はつみ》、小沢武二、石橋辰之助らが並ぶ。また後半の俳句欄にも栗林一石路、富澤赤黄男、東京三（秋元不死男）、橋本夢道、三谷昭と当時の役員らが並ぶ。まさに新俳句人連盟、のち分裂して現代俳句協会、俳人協会に行く者も含めた、主要俳人のオンパレードである。

　誌面構成には相当苦労した跡が見える。雑誌としての方向性の統一がとれていないのだ。規約や結成について巻末に記されているが、その宣言と誌面、とくに文章が各々バラバラでこの雑誌が何を目指しているのかが見えてこない。とくに先に紹介した岡邦雄の巻頭文は、俳句誌という点では合点がいかぬ内容である。詩の自由云々は分かるが、短詩とひとまとめにしていきなりの俳句批判、戦前出版された「新興俳句の展望」（宮田戊子《ぼし》編）について「自分を成程と肯かせるやうなものは一篇もなかった」と書き、さらには「俳句の世界にのみ跼蹐《きょくせき》して獨りよがりの論議（文字通りの「管見」）を重ね、ひろい世界に出て來ないところにその論議の狭さ、浅さ、俗つぽさがある。その貧しさは正に詩一般に就て（原文ママ）の理論に貧しい故である。私はその點に就いての深い、謙虚な反省を今の俳人諸氏に求めたい」と書いている。「詩人たれ」と書きながら俳人は詩人じゃないと言っているようにしか見えない。岡は「詩人たれ！」と書いておきながら「まことによけいな、局外者のおせつかい」「生意氣なことを云ふやうであるが」「素人考へであるが」などといちいち言い切ること無くの前置きを繰り返すからたまらない。終いには「俳人諸氏に作句の傍ら作詩に努められんことを望む所以である」と締めくくり、結局のところ岡自身が詩人（現代詩）を一頭上にして詩と俳句を分けてしまっている。

岡の序文から巻頭俳句のあとは栗林一石路（農夫）の「型について」という文が載っている。「定型俳句といふものの生命は決してまだ衰へてゐない」「私は自由律俳句に育ってきながらなほたぶんにこの俳句の舊い型に魅力を感じてゐる」と書いている。プロレタリア自由律を代表する作家の一人として本音はどうか知らないが、どこか取ってつけたようで、定型俳句側の会員に対して気を使った感もある。

次は石橋辰之助の「俳壇展望」。石橋辰之助は水原秋櫻子《しゅうおうし》の「馬醉木」出身（馬醉木時代の俳号は竹秋子）。西東三鬼や三谷昭と「天香」を創刊するが、京大俳句事件で逮捕された。一石路の後に連盟の委員長となったが、急逝結核で早世（四十歳没）している。「放言になるかも知れないが、逃げかくれはしない」で始まる俳壇の時評だが、まず「太陽系」の水谷砕壺《さいこ》による「新興俳句への反省」という「太陽系」創刊号の文を批判、「反省の正しさをこんなに悪どく云ふのは間違ひだ」と断じている。「俳句研究」五月号の山口誓子に関しては「いつに變らぬ誓子のスタイルを思はせるだけ」、「新人」六月号の水原秋櫻子に至っては「當り障りないことを云はれてゐるのは生溫い」と確かに逃げも隠れもしない放言のオンパレードであり、痛快である。ただ一石路については

「女性改造」六月号の自由律に関して「私にはまだ〳〵自由律を本當に味ふことは出來難い」「これ以上になると現在の私には分からなくなつてくる」と言いながら、「何かこれでい、といふ安定感がある」「俳句の自由があつてい、と思ふ」とやはり歯に物が挟まったような、ここだけ先の威勢はどこへやら、放言は消えて逃げかくれ寸前といった感があるのも、当時の人間関係をあれこれ想像させられて面白い。いつの時代も身内には弱い。

さて、次が問題の古家榧夫「戰争中の俳壇」である。古家榧夫は「ふるやかやお」と読む。この古家とその盟友である芝子丁種（しばこていしゅ、と読む）、そして新興俳句弾圧事件の犠牲者、嶋田青峰の息子、島田洋一の三人が、「俳人の戦犯追及」の急先鋒であり、後に「草田男の犬」論争で連盟のみならず俳壇全体を巻き込み、赤城さかえと対立する。

古家榧夫（別号、榧子）は明治三十七年生まれで一高中退（卒業とも）。野尻抱影に俳句を学び、のち嶋田青峰の「土上」の同人となり、新興俳句運動に参加する。しかし昭和十六年、師の嶋田青峰や仲間の東京三（秋元不死男）とともに治安維持法違反で逮捕された。つまり新興俳句弾圧事件の被害者ということになる。日外アソシエーツ「20世紀日本人名事典」では、「昭和16年治安維持法で検挙され、以後は沈黙した」などと書いてあるがまったくのでたらめである。榧夫は治安維持法をきっかけに沈黙したわけではない。戦後も作品を発表しているし、現に「俳句人」創刊号に原稿を、それもすこぶる過激な内容の「戰争中の俳壇」をこうして寄稿している。

——健忘症な人々に古傷を思出させるといふことは情に於いて忍びないが、日本民衆をふたゝ

び、家無き食無きこの惨苦に陥れないために、筆を執らう。（古家榧夫）

満州事変から日中戦争、そして太平洋戦争と日本人三百万人以上の命が失われた。当時の俳人たちの政治的思想を現代において揶揄するのは容易いが、三百万人以上の命の先にはたくさんの家族がいた。日本人のほとんどが、何らかの形で肉親を失っている。ましてこれが書かれた昭和二十一年は、日本国内そのものが病死、餓死、浮浪児と、生きるための戦いの真っ最中であった。これから紹介する榧夫の原稿は、それを踏まえて読んでいただきたい。もちろんこれら「戦犯とすべし」と挙げられた俳人たちのほとんどは、何も好んで戦争に協力したわけでも、そういった政治思想に染まっていたわけでもない。いまさらほじくり返すためにこの原稿を持ち出すわけではないし、榧夫の糾弾には私情や政治的立場による見当違いの怒りも混じっている。それでも現代、そして未来を踏まえてこれを書き殴った榧夫の勇気だけは評価したい。

＊文中の太字処理は原文ママ

——俳壇の大御所**高濱虚子**は、西洋文化の蔑視、花鳥諷詠、新興俳句非俳句論で、大いに封建的傳統の鼓舞に力めた。戰爭讃美をしたが、流石大御所だけに、富安風生《ふうせい》あたりを専ら御先棒につかつて自分は大きく構へてゐた。

――もつともエゲツナイ暗躍をやつたのは**富安風生**である。（中略）チヤンス至れりとなして、新興俳句を除いた定型俳句だけで協會を作らうとし、情報局へ日參したが見事に蹴られ、仕方なく荻原井泉水の處に行き之を拝み倒して參加して貰ひ、漸く情報局の尤許を得た。

――帝大助教授**山口青邨**は、花鳥諷詠に遊ぶものも戰爭中は「毅然たるものが無ければならぬ」と云ひ、ヒツトラーを讃美し、毅然として軍部におもねる作品を作つた。

――「鶏頭陣」を主宰した**小野蕪子**《ぶし》は、（中略）世俗的地位を以て、警視廳特高課に密告者の役目をし、「反軍國主義者の逮捕に貢献」した人々のうちのA級人物である。

――「土上は赤だ」と支那事變當時宣傳した**水原秋櫻子**は、河出書房が出版しようとした椎夫の「リアリズム俳句論」を反國策的なりとして出版妨害をなし、（中略）出版の自由を脅かし、俳句文化の歪曲のため必死の惡業を重ね、表面は紳士を裝つて居つた。彼は、世俗的には皇太后の侍醫であり、面して民衆の敵である。

――「馬醉木」の副將**山口誓子**も、水原秋櫻子と共に、反軍國主義者の逮捕に貢献し、戰爭讃美の優秀な作品を數多く發表し、大いに戰意の昂揚につとめた。

――**加藤楸邨**は「寒雷」を主宰してゐたが、軍部に近づき報道班員となり、國學イデオロギーを以て戰爭を讃美した。「馬醉木」の進歩的作家にして、かくの如し。

――暴支膺懲（著者註・「ぼうしようちょう」日中戦争時のスローガン、暴れる支那＝中国を懲らしめるの意）を絶叫し敢然侵略戰爭の第一陣に起つたのは「ゆく春」主宰者**室積徂春**《むろづみそしゅん》である。彼は俳壇で最も氣狂ひじみた存在である。

以下、延々と続くので文意のみを現代仮名遣いに直して抜粋するが、

「徂春と並ぶ西の大関が臼田亞浪、戦争俳句の花形として活躍したのは大野林火、頑固なる反動が前田普羅《ふら》と飯田蛇笏《だこつ》、日本俳句作家協会で富安風生の参謀だったのが伊東月草と西村月杖《げつじょう》、ファッショ化したのが吉岡禅寺洞《ぜんじどう》と岡本圭岳、俳壇の火野葦平が長谷川素逝、素逝と並んで戦争俳句の龍虎と呼ぶべきは中村草田男、新興俳句嫌いの久保田万太郎」

と糾弾、その他戦争謳歌に興じた者として、

「大場白水郎、大谷句仏、松根東洋城、荻原井泉水、長谷川かな女、西村白雲郷、鈴鹿野風呂《のふろ》、清原拐童《かいどう》、上川井梨葉《りは》、渡辺水巴《すいは》、黒岩漁郎、阿波野青畝、中島斌雄《たけお》、東鷹女（三橋鷹女）、

石塚友二、滝春一」

を挙げている。

正直、転記しているだけでヒヤヒヤしてくる。戦前の有力俳人がほぼ網羅されていて、批判を通り越して罵倒や私怨に近い箇所もある（個々の正誤については触れないでおく）。先に「榧夫の勇気」と書いたが、それと同時にこの書き様にある種の自信を垣間見る。まだ昭和二十一年、日本は連合国から極東国際軍事裁判で戦犯として裁かれている最中である。戦争協力者は味噌もクソも戦犯として裁くべき、という榧夫らの考えはある意味、かつての被害者の復讐であり、時勢がひっくり返ったがゆえの自信に裏付けられている。

実際、この原稿に先立つ昭和二十一年六月十七日付の朝日新聞では、連盟幹事長（当時の連盟は幹事長がトップ、会長制になるのは古沢太穂から）の栗林一石路が、

「戦争に協力した俳壇の多くは何等の反省も告白もない」

と批判している。

このような大手新聞社のお墨付きも得て、俳壇における伝統派と新興派の立場も逆転するという望みもあったに違いない。いやむしろ、当時の世相を鑑みれば、そうしなければならないと思って

いたのは確かだろう。街は焼け、多くの人が死に、その元凶となった憎き連中を戦犯として縛り首にできるかもしれないのだから。

古家榧夫の「戦争中の俳壇」に続いて、新興俳句弾圧事件により病死した嶋田青峰の息子、島田洋一（著者註・当該ページの作者名は「嶋田」ではなく「島田」と新字で表記されている）による「父、青峯」が掲載されている。こちらは恨みつらみではなく、淡々と父の思い出を書いている。

これに続く藤田初巳の「俳壇受難史」は新興俳句弾圧事件について時系列で解説している。藤田初巳は法政大学卒で三省堂の編集者。「広場」を主宰したが新興俳句弾圧事件で検挙された。実は初巳、校正のスペシャリストとしても知られ、晩年『校正のくふう』という校正解説本の名著を残している。

この「俳壇受難史」の特筆すべきは小野蕪子に関する言及だろう。

——小野蕪子はすでに故人である。反駁すべき口をもたない故人に今さら鞭をくはへる料見はさらにないけれど、京大俳句事件につづく新興俳句の検擧について舊俳句のある人人がいかに暗躍し、どんな役割を果したか（後略）

（藤田初巳）

ここでは具体的な名は小野蕪子のみが戦犯として挙げられている。小野蕪子は本名小野賢一郎。小学校の代用教員（大学は行っていない）から毎日電報社（毎日新聞社系）の社会部長を経て日本放送協会（ＮＨＫ）の局次長にまで上り詰めた人物である。良く言えば愛国者、悪く言えば手段を選ばぬ野心家で、俳句の戦争協力を推進した人物とされる。そのために、多くの俳人を特高に売ったともされている（蕪子についてはこれまた話が逸れるので詳しくは割愛する）。

先に榧夫が俳壇の主要俳人のほとんどを糾弾しているのに対し、初巳は昭和十八年に死んだ蕪子ひとりの責任を言及するにとどめている（もっとも、初巳は実際に三省堂に勤めていて、蕪子の介入を目の当たりにしているので、自ら経験したことのみを書いたに過ぎないが）。ここにも後の新俳句人連盟分裂の一端を垣間見ることが出来る。

そして「俳句人」二号目となる翌年の昭和二十二年一月一日号、ついに「俳壇戦犯裁判のこと」として、〝俳壇戦犯裁判〟と明確に踏み込んだタイトルの原稿が掲載される。筆者は湊楊一郎。中央大学法学部卒の弁護士で俳論家として活躍、平成二年には現代俳句協会大賞を受賞している。百二歳まで生きた。

その湊楊一郎の「俳壇戦犯裁判のこと」は、先の古家榧夫の「戦争中の俳壇」以上に過激な内容である。榧夫のアジビラのような原稿とは違い、感情に流されることなく、冷静な筆致で俳人の戦争犯罪を定義し、本業の弁護士としての法律知識による俳壇戦犯裁判の私案を提示している。

――戦時に犯した行爲を頰かむりして、再び今の時流に便乘し、民主主義や自由主義の假面をかぶつて、これからの俳壇に横行せんとしてゐる人が見受けられる。見えすいた論で過去の醜行を辯解したり、または、子供だましの理窟で、誤魔化さうとしてゐるのがゐる。これこそ、これからの俳壇の害虫である。（湊楊一郎）

それでいてこのような痛烈な一文も加えられた、まさに本気の文章である。榧夫の罵詈罵倒などより、こちらのほうが恐ろしい。

湊楊一郎「俳壇戦犯裁判私案」

一、行爲

上述のやうな俳壇の特殊な事情を加味して三つの級に分ける

A　軍國主義俳壇構成の指導の罪

B　軍國主義主張普及並に之を利用して俳壇の不當な厭制に加擔した雑誌を主宰しまた編輯した罪

C　俳句評論作品を通じ軍國主義の主張鼓吹、並に之を利用して俳壇厭制に加擔した個々の行爲の罪

二、人

右の行爲により各々その摘發すべき人は

A　文學報國會俳句部會の指導者

B　雜誌の主宰者及編輯者

C　個人

三、制裁

1　戰犯者名簿の作成並にその惡行の記録の作成

2　文學的除名の宣言。新俳句人聯盟のみならず一般の文化團體とも連絡しその效果を大ならしめる

3　俳句活動に對する監視並にこれに對する筆誅。聯盟の機能と一般の協力により、犯行當時の評論作品とその後の評論作品とを比較論評し、その矛盾の暴露並批判及僞瞞の摘發、などによりその文學活動を封鎖する。

4　一般に對して惡行の資料を提供する。戰犯決定者の評論を爲さんとする人の爲に、聯盟は何時にてもその詳細な惡行資料を提供する。

四、裁判の方法

1 私は戰犯裁判を聯盟が取り上げてやるべきか否かを輿論調査によつて定めたい。
2 犯行者とその惡行とを一般に募集して之を摘發する。一般の輿論を調査し多數の一致するところをもつて裁判に付する。
3 論告及辯論を一般に募集し、輿論調査により論告辯論の要旨を決定し、本人に通達し、その辯明を爲さしむ。辯明無きときはそれを認めたものとして進行する。
4 摘發事實、輿論により決定した論告及辯論、並に本人の辯明を掲げて一般の投票により戰犯の決定を爲す。

右のやうに總て一般の募集と輿論調査とによつて進行して行かねば妥當な方法が得られまい。長くかゝるが俳壇の革新は一朝時に出來ないのだから、止むを得ない。また一般に俳壇革新問題を強く印象づけることに役立つと思ふ。

心当たりのある当事者たちは震え上がったに違いない。何度も書くが、現代とは状況が違うのだ。この当時、日本は日本でなく、GHQの支配下にある敗戦国であり、A、B、C級戦犯の裁判は続いており、追訴により協力者や関係者は身を潜めたり、弁解したり、或いは開き直ったりしていた。その誰もが「国が敗けたということ」の恐怖に震えていた。また一般国民の多くも、親や兄弟、親族、友人から近所の知り合いまで多くを戦争で失っており、その憎悪たるやGHQの統制が無ければどうなっていたことか。日本人は大人しかったというがあれは嘘だ、実際はこの俳壇戦犯裁判に限らず、近所で威張っていた憲兵や職業軍人の子族もいつリンチに遭うか、連合軍に訴求されるか震えていた。

また時代背景もある。このころの日本は生きるか死ぬか、餓えとの闘いであった。戦争が終わったからすぐに平和、というのは戦争を知らない現代人の感覚であって、敗戦国に限れば戦争が終わった後もまた悲惨である。この年の昭和二十二年十月二十日には山口良忠という人が死んでいる。当時を知る人か現代史に通じた人しか知らない名前だろうが、闇米を拒否して配給食のみで暮らし、三十三歳で餓死した裁判官である。

当時の「俳句人」で詠まれた句も添えるとより実感がわく。

飢えて皆親しや野分遠くより　西東三鬼

敗戦後の経済崩壊および生産現場の破綻による食糧難に外地からの引揚者も加わり、その前年には幣原喜重郎内閣が「餓死者一千万」の予測をアメリカのマスコミに訴えている。アメリカは当初放置を決め込んでいたが朝鮮半島におけるソ連や中共の不穏な動きと日本国内における赤化運動を恐れ、いわゆる「ララ物資」による援助を開始した。アニメーション映画『火垂るの墓』は主人公の清太少年が三ノ宮の駅で野垂れ死ぬところから始まるが、あれが現実であった。

孤児昇天捩れるごとく蠅つるむ　楠本憲吉

そもそも現代の日本人は「世間に食べ物が一切ない」という状況を知らない。貧乏でも、引きこもりでも、虐待を受けていたとしても、日本国自体に食料はあり、いくばくかでも金を稼ぐか勇気を出して外に出るか保護されるかで食べ物を得ることができる。しかしこの時代、金があろうが才能があろうが頭が良かろうが「ないものはない」時代なのである。ましてその「ないものはない」が生命に直結する食料である。「農村の供給意欲の減退」も原因と当時の政府は言及しているが、これはつまるところ需給関係の崩壊による農家の「売り渋り」であった。

地位もなし悪農といわれても米をかくしておく　橋本夢道

もちろん自分たちの食べる分を守ったという面もあるが、現実には売り渋ること、闇米として流す利得もあった。一部の地方農家の蔵には分不相応な旧華族、旧高級軍人の品が溢れ、やがて農地改革でそれまでの小作人は水呑み百姓時代の恨みを果たす結果となった。「復活メーデー」から「飯米獲得人民大会」（いわゆる「食糧メーデー」）にアメリカが恐怖し、ララ物資からさらに一歩踏み込んだ「ガリオア資金」を実施することになった。この食糧恐慌はアメリカのこうした援助と昭和二十四年の食糧庁設置により収束に向かう。

母の霊に供すアメリカのパン白き　中台春嶺

こんな時代に俳句を、俳誌を続けた先達には敬意を表するしかないが、この昭和二十年代初期に多くの俳人が結核に苦しみ、或いは亡くなっているのはこの食料難による栄養失調も無関係ではない。ご飯が食べられないというのは人間の究極的な苦である。

つゆの雨にうたれて餓鬼の住む國へ　石原沙人

そんな餓鬼の世界が当時の日本の姿であった。太平洋戦争の日本人死者は三百十万人と言われている。実際は間接的な餓死や病死、獄中死など含めそれより多いだろう。日本人のほとんどは身近な人を亡くしていたと言ってもいい。

炎天に黒き喪章の蝶とべり　日野草城

そんな三百十万人超の死者の遺族や関係者が飢えていた時代、多くの日本人は戦争に対して憎しみ、悲しみ、悔恨に暮れていた。そして戦争を引き起こした者、加担した者、煽った者とそれ以外との日本人同士の憎しみに満ちていた。イデオロギーや理屈を抜きに、肉親はもちろん友人、知人を殺されたという思いは多くの当時の日本の一般庶民の当たり前の感情であった。

亡き夫を還したまへ戦果あざむけり　芝子丁種

これは戦前戦中の俳句弾圧事件にも言えることであり、戦争に加担した日本俳句作家協会、のちの日本文学報国会俳句部会の主要メンバーに対する恨みは当然である。大本営、大政翼賛会に従うか知らぬ存ぜぬを決め込むしかなかったことは理解できるが、被害間もないこの時代にそんな物分かりよく許せるはずもない。この点は感情として非常に汲める話である。

見ろ烈風にぴゅうぴゅうと赤旗は鳴る　栗林一石路

日本人が信じていた大日本帝国は完膚なきまでに敗北し、皇軍兵士を賛美していた教師は翌日にはアメリカを、あるいはソ連を褒め称えた。千人針を甲斐甲斐しく縫っていたはずの大和撫子はパンパンとなり、鬼畜米英の藁人形に竹槍を突きつけた子どもはハーシーズのチョコレート欲しさにそのパンパンを載せた米軍のジープを追いかけ物乞いにいそしんだ。坂口安吾の『堕落論』にある「生きよ、堕ちよ」は現実の景である。今まで信じていたものすべてに裏切られた国民にとって「国体」の価値観は大きく揺らいでいた。現人神と教えられた天皇は長身のマッカーサーの隣で記念写真を撮られ、「人間宣言」（これは当時のマスコミの命名であり実のところ巷の俗論と学説は異なるのだがここでは言及しない）なる世界に類を見ない珍妙な発表をさせられた。天皇制の是非はともかく当時の日本人にとって衝撃であり、屈辱であったかもしれないし、それ見たことかと受け止めたかもしれない。

天皇制わが心魂を縛し見よ　古家榧夫

そんな価値観の崩壊と先に述べた食糧難、社会不安、そして憎悪とが新しい希望の光として当時に限れば共産主義、左翼運動に結びつくのは自明の理であろう。実際に日本は昭和二十五年のレッドパージまで大規模なデモやストライキ、共産主義勢力の拡大を経験する。文学を語る上でイデオロギー的な発言を抜きには出来ない時代であった。

メーデー来ぬ今朝もルージュを濃く染めて　神代藤平

赤城さかえとその時代を語る上で、これらの時代背景があったことは踏まえておくべきである。「俳句人」創刊二号目に、菱山修三は「俳句及び俳句人に就いての一展望」の中でこう書いている。

「率直に私見を披瀝すれば、例へば、「ホトトギス」は率先して解體すべきである。虚子翁の勞は多とするものであるが、この際氏に隠退して貰ふのは時宣を得てゐる。（中略）虚子の存在は、それが大きな舊勢力乃至現狀維持的勢力に結びついてゐるばかりでなく、それが頑強なギルドの擁護者としての役割を演じてゐるために、けふの俳句文學の發展を非常に阻んでゐるのである。（中略）嘗て自らを「大悪人」とうたつた虚子は、また「大俗物」を自負して「――ホトトギスは營利のためにやつてゐる」と放言して恥ぢなかつたさうであるが、氏の行爲竝びに氏の行爲に類似した所業は明かに文化犯罪を形成することを、賢明な氏も亦けふ反省していい筈である。のみならず、俳壇を擧げて戰爭に協力せしめた推進力の中心であつた以上、氏も亦、その責を知つていい筈である」

菱山は詩人である。俳句と縁がない分、古家榧夫すら遠慮ぎみだった虚子に関して容赦なく書いている。この文の後半は先の岡邦雄同様の、詩人を一頭上に置くような俳句の選者否定や河東碧梧桐、荻原井泉水の自由律、富澤赤黄男の前衛俳句を持ち出しての見当違いとも言える伝統俳句批判が並ぶので割愛するが、結局のところ、湊楊一郎の俳壇戦犯裁判私案も、古家榧夫の実名を挙げての批判も、菱山のホトトギス解体と虚子隠退も、中央俳壇どころか新俳句人連盟内ですら急速に萎んでしまう。現に同じ号「告白を待つ」というコラムでは、

「このさい戰爭中指導者としての立場にあつた人は、率直に進んでそのことを告白してもらひたい。正直に告白さへすればこつちから追求はしない。告白しないで頰被りをしてゐるから、我々は追究しなければならぬのだ」

と、同じ号でこのようなトーンダウンに転じている。散々名を挙げておいて、自分から告白して裁きを受けろ、はないだろう。書き手は不明で（K）とだけある。栗林一石路のKなのか古家榧夫のKなのか確証はないので断定はしない。ちなみに一石路は戦後、この俳壇戦犯裁判に関して盟友の橋本夢道と大喧嘩をしている。橋本夢道は社会性自由律を代表する俳人で徳島生まれ、一石路と同じく荻原井泉水の「層雲」出身で、プロレタリア自由律運動を推進した。一九四一年に新興俳句弾圧事件により投獄、代表句のひとつ〈うごけば、寒い〉はこの時詠まれている。またあんみつの考案者としても知られ〈みつまめをギリシャの神は知らざりき〉というキャッチコピーでも知られる。一九七五年、『無類の妻』で第七回多喜二・百合子賞受賞。

その夢道が、あくまで追及するべしとする一石路に「お前も戦争に協力しただろう」と反論し、取っ組み合いの喧嘩になった。一石路は昭和十三年、記者として日中戦争に従軍、「兵隊とともに」という記事が評価され、結果、この記事は戦争利用された。また新興俳句弾圧事件に連座した際も「転向」して許されている（一連の件は信濃毎日新聞社『私は何をしたか 栗林一石路の真実』に詳しい）。後に一石路は誠実に告白するが、この一石路の負い目も戦犯を追及するにあたって支障をきたしたことは事実であろう。

また連盟の俳人の多くは、本を正せば虚子や、秋櫻子や、井泉水の弟子であったことも戦犯追及を鈍らせた。元の結社とは袂を分かったり除名処分になっている者がほとんどだったが、それでも俳人は師に弱いのだ。

三号目となる五月号の巻頭、「俳壇の戦犯問題について」として新俳句人連盟の声明文が掲載される。長文なので重要な部分を抜粋する。

「作家の藝術的良心の問題である」（筆者註：この「良心」は何度も使われている）

「調査部を設けてこれが調査に當つてきた」

「しかしあらゆる資料が検擧によつて押収されたり、戦災で消失した」

「戦時中活躍した作家、或は結社にたいして率直に資料の提出を求めても、多くは疎開、消失等の言に托して快よく提出が得られない」

「いま直ちに個々について追及するものではない」

「われわれはそれ以上戦犯として追及するものではなく、進んで民主的文化運動に對し相ともに手をとつて進まうとするものである」

事実上の終結宣言である。これ以降、「俳句人」誌上に俳壇戦犯裁判の話は一切出ない。

そして第五号となる七・八月号において「私は何をしたか　―　戦争責任の自覚について　―」が栗林農夫（一石路）名義で掲載される。先の信濃毎日新聞社の書籍の基になった告白文である。

「この戦犯追及に便乗して逆に自己の戦争中の行爲一切の責任を戦争指導者にぬりつけようという風潮がおこり、今なおおこりつつある。これは正しいことであろうか。こんどの戦争にたいする考え方とそれに處する態度については國民のあいだにも非常に大きな幅があつた。（中略）どうして侵略戰爭の正體を見ぬけなかつたのか。見ぬいていたとしたらなぜ良心をまげてこれに妥協したか、それを深刻に自己批判しなければならぬ」

この自己批判のあと、先に触れた自身の戦争協力の件に関する告白が続くのだが、これはもういいだろう。

ところで、東京三（秋元不死男）が「太陽系」第八号（昭和二十二年一月三十一日発行）において、

「あの頃、日本人が戰爭に勝たねばならぬと思つたのは、日本人として誰でも持つていた感情であつたし、その感情を俳句にすることは正しいことであつた」

と書いていて、これは先の告白で一石路も引用しているのだが、この不死男の感覚は非常に中庸で正しいと思う。俳壇戦犯裁判に関して不死男は「俳句人」内ではとくに言及せず、創刊号から四号目まで「俳句入門講座 俳句を志す人のために」を淡々と連載していた。その不死男は後に石田波郷、富澤赤黄男、三谷昭、平畑静塔や西東三鬼（当日会員となって当日退会）を引き連れて新俳句人連盟を脱退、現代俳句協会を設立することとなる。

そして、彼らと入れ替わるように赤城さかえが連盟に入会する。その少し前の昭和二十二年十一月一日発行の第七号（十月・十一月号）、連盟機関誌「俳句人」にさかえのある原稿が掲載された。

その名は「草田男の犬」。

「草田男の犬」

「草田男の犬」は新俳句人連盟の雑誌「俳句人」における赤城さかえのデビュー作であり、昭和二十二年の十・十一月号に掲載された。さかえ自身の本格的な評論としては三作目となる。

実は原稿依頼の段階は連盟員でなく、俳壇的には「寒雷」にいる一俳人のさかえに「題はなんでもよいから、新しいわれわれの運動のために書いてほしい」と、当時の連盟幹事長の石橋辰之助から依頼されたものだった。先に本稿で触れた新俳句人連盟の分裂後に書かれたもので、辰之助はさかえの評論家としてのデビュー作「短詩系文学再出発の拠点」（岩波書店「文学」昭和二十二年二月号）、そして二作目となる「近代俳句の建設」（同年「寒雷」五・六月号、翌年、加筆補正して八雲書店の『短詩型文学論』に収録）を読み、是非にと依頼した。この「草田男の犬」は赤城さかえの傑作とされている。また新俳句人連盟のみならず、俳壇全体の論争にまで発展した。

論争をごく短簡に書けば、草田男の俳句を認めるさかえと、草田男を戦争協力者として俳句そのものも認めないとする連盟の一部勢力、そして双方に与する俳人たちによる論争である。

壮行や深雪に犬のみ腰をおとし　　中村草田男

この昭和十五年に詠んだ草田男の一句がすべての始まりである。
「草田男の犬」の冒頭は物語調、さかえの入院するサナトリウムから始まる。とある東大の助手をしている青年が入院してきた。最初は俳句を嫌っていた彼が、やがて草田男の影響を受け、句作を始める。そしてある日さかえに尋ねる。「草田男の句の中で一番よいと思ふのはどの句か」と。さかえは〈壮行や深雪に犬のみ腰をおとし〉の句を挙げ、「俳句文芸の現代最高水準を示すもの」と答える。青年は頷きはするが、「この句は否定のウタじゃないんですか。肯定のウタじゃないんですか、『壮行や』なぞ……?」と問い返す。さかえは答える「壮行や、がこの句の良さでせう……?」
まるで禅の公案のようでもあるが、青年は草田男の思想的な部分に懐疑的であった。しかし、さかえは言葉を続ける。

――もとより、作家の思想といふものが作品の価値を決定するのは、その思想の位置そのものではなく、その思想の方向と厚みにある。草田男が戦争支持の俳句を作ったり、敗戦の詔勅に泣き濡れた俳句を発表したところで、ただそれだけのことが草田男の詩人的価値を決定的に損ねるものではない。問題は氏が括弧つかずの前向きの詩人として歩んでゐるか、その歩みが豊かな青春性を保持したものであるかどうかである。

――「その程度の戦争に対する批評性は、草田男ならずとも持ち合せている陳腐なものだ……」とか、或は又「その程度の句を作つて見ても、結局戦争に協力してしまつたことから見ても高く評価出来ないではないか……」といふやうな批評が行はれ勝ちな昨今の雲行きでもある。併し、そのやうな批評は果して正しいであらうか。

さかえは当時の連盟の主流を占める風潮とは真っ向対立する論陣を張った。

——さて、この句の功績は、何と言つても、人々が熱狂してゐる喧騒の中から、深雪に腰をおろしてゐる哲学者「一匹の犬」を見出した作者の批評精神である。この一匹の「草田男の犬」によつて、そこに画かれた群衆図は単なる写実を遥かに超えた詩の世界を展開する。エプロンに国防婦人会の襷をかけた主婦達、帽子を鷲掴みに振りながら団体を作つて歌ひ狂ふ学生達、酔つぱらつた安サラリーマンの乱舞、勿体ぶつた在郷軍人の横顔、顔青ざめた親族達の一群、一刻も早くその場から逃げだしたい心を秘めた出征者の表情、——さうした出征風景は未だありありと誰の眼にも残つてゐる筈だ。そして、このやうな情景には必ずや「草田男の犬」にも匹敵するやうな詩のモメントが幾つも転がつてゐた筈である。併し、さうした喧騒の中から「一匹の犬」を見出し得る能力は、蚤取り眼の写生眼でもなければ感受の鋭さでもない。「一匹の犬」を発見した作者の詩眼には長い間の思想の集積がある。何度も出征風景に接し、何度も考へさせられ、何度も煩悶し、何度も思想する——そういふ集積の果に「一匹の犬」が現れるのだ。(中略)何故かと言つて、出征の熱狂風景に憤り、絶望し、憂慮しただけでは「草田男の犬」は決して現れて来ないからだ。戦争に対する懐疑とか否定とかはありふれたことである。その程度の思想の位置は確かに陳腐そのものだ。併し、あの長い戦争の次代にこの草田男の十七音詩に匹敵出来る渾然たる文学的表現を克ち得たものがどれ程あつたであらうか。否、広くこれを美術の世界にまで拡げて見ても、これだけの「犬」を画き得た作家はゐたであらうか。私は無かつたのではないかと思ふのだ。

この一文は「草田男の犬」を代表する一文であり、日本の俳論を代表する有名な一文である。この一文があらゆる現代俳句の重要性を孕んでいる。そして草田男に対して最大級の評価を下している。それにしてもなんと格調高く的確、かつ純粋な一文であろうか。九条であれ、震災であれ、コロナ禍であれ――現代の社会性俳句の詠み手は「草田男の犬」に近づくことができているのだろうか、赤城さかえの想いを引き継いでいるだろうか。

赤城さかえは『戦後俳句論争史』第二章「「草田男の犬」論争」において、

――これは桑原武夫達の西欧文学を唯一最高とし、小説などを優位の文学としている当時の評論や、それに無抵抗に追従している「左翼」俳句評論への当てつけでもありました。尤も、この評価には現在においても修正の必要を毛頭感じません。

とも書いている。「草田男の犬」が発表された前年の昭和二十一年は、桑原武夫によって「第二芸術論」が岩波書店「世界」十一月号に掲載されている。遅まきながら俳句を知り、そして愛した赤城さかえにとって我慢できるものではなかった。『戦後俳句論争史』の第一章が「「第二芸術論」論争」であることからも、赤城さかえの評論を書く原動力の一端に、反「第二芸術論」があったことは間違いない。ちなみに当時、草田男自身も桑原の論に対して反論している。この論文に関してはいまさら細かく取り上げないが、「大家の価値はその党派性」「老人や病人の余技」「現代の人生を表すには不適」などの指摘は「ホトトギス」はもとより俳壇全体にとって大打撃となった。虚子は軽くあしらう程度だったが、秋櫻子や誓子、楸邨らが反論するのは無理もない。俳句は現代を、人生を表現できないという桑原の論に対する反論が、やがて実作としての反論、戦後の社会性俳句運動となる。

そんな潮流の中、「草田男の犬」は、さかえの予想以上の反響を得ることとなった。しかし当の新俳句人連盟はさかえを呼び出した。同じ「寒雷」の句友、古沢太穂から「君の文章に関して研究会を開くから来てほしい」と言われ、辰之助からも連盟に入ってくれないかという手紙を貰っていたので、さかえはあくまで客人として招かれたつもりだった。銀座の東貨ビル四階に向かうと、連盟員二十名余りが手ぐすねを引いて待っていた。

事実上の糾弾会であった。

まだ連盟員でもないさかえだというのに、「客人を遇すなどという余裕などまったくない」と赤城さかえが回想しているような、激しい反駁を受けた。

「だから「草田男の犬」は掲載すべきではなかったのだ」
「赤城さかえは〝反動的〟である」

急先鋒となったのは芝子丁種、古家榧夫、島田洋一だった。戦前の俳句弾圧事件で師の嶋田青峰を失った旧「土上」の面々であり、当時の連盟内でもっとも急進的な左派勢力であった。「土上」は篠原温亭を主宰とした國民新聞の俳句機関誌だったが、温亭の死後、元「ホトトギス」編集者の青峰が継承した。若き日の金子兜太の投句先としても知られる。新興俳句運動の中心的存在としてプロレタリア俳句とリアリズムを謳う自由主義俳句の先駆であったが、一連の新興俳句弾圧事件により壊滅、青峰は病死。彼らはそんな弾圧の辛苦を耐え抜いた生き残りであった。

当日の討論に関しては連盟ニュース第七号に掲載された当日記録が残っていて（記録者は芝子丁種）、さかえも「戦後俳句論争史」では自身の記憶より主にこちらを引いている。

……当日行われた「草田男の犬」にたいする批判を綜合すると左の通りである。
（一）「草田男の犬」の作品はいくつかの全く相反する鑑賞がなし得る。
（イ）単なる壮行スケッチと鑑賞する、この場合傍観の「犬のみ」は添景に過ぎない。
（ロ）「壮行や」の「や」を感激と解する。すなわちこの作品は、戦争謳歌を詠ったものであった。挙国的戦争協力にたいし無心無関心なのは鳥獣のみであり、代表としての「犬のみ」であるとする鑑賞である。

（ハ）赤城さかえの鑑賞
（ニ）以上の相反する鑑賞は「壮行や」の「や」と「犬のみ」の「のみ」にたいする解釈によって生ずること。
（三）なぜ以上のごとき相反する鑑賞が生ずるのか？
（イ）「や」および「のみ」の表現が不十分なのではないか？
（ロ）人間的思考力なき「犬」に戦争を批判し、哲学する立場を象徴していると見るのは無理ではないか？
（四）従来俳句にはどちらにもとれる全く相反する鑑賞が出来るものとみなされてきたが、これでは第一芸術どころか、俳句ジャンルそのものの成立を否定することではないか？
現代文学としての最短詩俳句を建設する為には、かかる鑑賞の根本的に対立する作品は表現の不備な点から否定しなければならないのではないか？
（五）社会主義リアリズムの表現手法として、「草田男の犬」のごとき写実的象徴ははたして肯定すべきや否や？

さかえはこの記録を読んで驚いた。自分の発言がほとんど削られ、丁種らの主張のみ記録されていたからだ。「壮行や」は草田男が戦争に感激したからであり、犬畜生の類にはこの壮行の素晴らしさなどわからない。畜生以外、日本人はすべてこの戦争の素晴らしさを誇っている。だからこその「壮行や」であり、さかえの解釈は草田男の表現の不十分さを深読みしただけである。最後の（五）

の「社会主義リアリズムの表現手法として、「草田男の犬」のごとき写実的象徴ははたして肯定すべきや否や？」はもっと端的に言えば「赤城さかえは〝反動〟である」とでも言うべきか。今となっては失笑ものだが、戦後間もなくのこの時代、本気でこのように考える人々がいたのだ。

しかしさかえは黙っていなかった。

——私の主張は、わずかに片言隻語が紹介されたにすぎません。これはその意図を問わず、連盟というものを上から一方的に言論統一することでしかない。当日の討論の再現というよりは、芝子丁種による態のよい統一に（少なくとも、結果としては）なっている。（『戦後俳句論争史』第二章「草田男の犬」論争より）

さかえは急ぎ筆を執り、「作品批評に於ける左翼小児病」と題した反駁の手紙を石橋辰之助宛に送った。これはのちに「副題 — 続草田男の犬」として発表されるのだが、それは半年近く先の話となる。なぜならさかえのもとに、その手紙は送り返されてくるからである。

その間「俳句人」一月号ではさかえに対する攻撃が始まっていた。丁種の「写実的象徴の問題 — 草田男の犬について —」、山口草蟲子《そうちゅうし》の「草田男俳論のオプチイミズム — 批判精神を中心として —」、そして島田洋一の「俳句のモーローー性」である。ここでいつもの丁種、榧夫、洋一の中に山口草蟲子も加わっている。草蟲子というより後の俳号、山口聖二の名を知っている方もいるだろう。鹿児島県出身で同志社大学哲学科卒、戦前は中学校教師として朝鮮にいた。元は吉岡禅寺洞の「天の川」同人である。戦後は宮崎県の日向学院短期大学（平成二年廃校）の講師をしながら、「天街」を立ち上げたが、富沢赤黄男の「薔薇」や金子兜太の「海程」にもいた。なんと草田男の「萬緑」にもいた。

「氏（草田男）は間違なく教壇の戰犯者の一人であつたし、俳壇の戰犯者の一人であつた」
「國學者中村教授（草田男）の戰犯的事實は俳句作家中村草田男の思想と緊密に連關している」
「天皇制護持者の作品」
「褊狭愛國主義的な新古典主義」
「氏（草田男）は人爲的ニホン性という金科玉條を以つて、ニホン精神を狹めんとする」
「氏（草田男）は現代の芭蕉と自認して悦に入つているのだろうが、はつきりといつて氏は現代俳句の指導者ではない」

と、ここまで書きまくった過去を持ちながら「萬緑」に入るのはなかなか勇気が要ると思うのだが、事情と経緯を知りたくなってくる。

また中台春嶺（大変長生きしたので知っている人もいるだろう）は「草田男の犬」論争には誌面上では加わっていないが、赤城さかえと古沢太穂の「沙羅」（のちに道標と合併）に掲載されたさかえの「短詩型文学覚え書」に関して

「この論者に云われなくともわかりきつた事」
「非進歩的な純粋な性格がうかがえる」

と書いている。

中台は新興俳句弾圧事件の被害者の一人で藤田初巳の「広場」に所属。藤田や細谷源二とともに捕まった。小卒の工員で、同じくプロレタリアートであった細谷と工場労働者の俳句を詠み続け、平成十七年に九十九歳で大往生を遂げた。

これらすべてを引っ括めて、〝戦後〟であったということか。

ところで後年、さかえもこの件に関して反省しており、

――この「草田男の犬」という一篇は、新俳句人連盟の人々から批判の対象となっていた草田男の作品を最大級にほめあげるという方法を押し通したこと、他の進歩的な作家の作品を引合いに出すことなく、唯ひたすら「壮行や……」の句一つを対象として論じたということなどは、反感を必要以上に挑発したばかりでなく、相手に理解する気持を起させるに適当な方法ではなかったと思います。(『戦後俳句論争史』第二章「草田男の犬」論争より)

と述懐している。赤城さかえではなく藤村昌の柔和な一面が見えてくる好ましい一文である。

しかし、それは数十年後の話であり、この時代、赤城さかえは新俳句人連盟の「急進派」とでも呼ぶべき勢力と戦わなければならなかった。

論敵・芝子丁種

先に送り返された手紙は皮肉にも芝子丁種の「写実的象徴の問題—草田男の犬について—」によって逆に日の目を見ることになった。編集部の提案により、「俳句人一月号所載の芝子丁種の論に答える」と題する終章を加筆して、「俳句人」五月号に掲載された（誌面では旧字の「寫實」）。タイトルはそのまま、「作品批評に於ける左翼小児病」である。さかえは丁種の喧嘩を受けて立った。

ところで、芝子丁種とはどんな人物だったのであろうか。これまでたびたび彼について言及したが、以前書いたように、芝子丁種という俳人を知る者はほとんどいないのではないか。俳壇史においては「草田男の犬論争」のみにその名が出て来る、いわば完全に忘れ去られた俳人の一人だろう。さかえの「草田男の犬」に対する反駁文である丁種の「写実的象徴の問題—草田男の犬について—」に触れる前に、芝子丁種という人物について触れておきたい。

「草田男の犬」論争で必ず登場する芝子丁種、論争の口火を切った彼だが、その論争を語る上で必ず名前は出ても、では芝子丁種とはいかなる人物だったかを知る者はほとんど、いやほぼ存在しないだろう。句集もなく、知られた名前ほどには知られぬ、まったくもって謎の人物である。「草田男の犬」論争を経て丁種は古家榧夫、島田洋一らと脱退するわけだが、その後は俳壇の表舞台からほぼ姿を消している。戦前の芝子丁種は師である嶋田青峰の「土上」に拠り、新興俳句弾圧事件に巻き込まれた。しかしそれ以上の丁種に関する情報はほとんど知られていない、ましてや連盟脱退後の丁種に関して知る者もいない、いたとしてもすでに故人である。

丁種の句は多くの方が抱いているであろうイメージとだいぶ違う、彼の周りの生活や家族についての句が非常に多く、イデオロギー的な句は多くない、どちらかといえば生活俳句、リアリズム俳句であろうか。戦前の新興俳句弾圧事件のさなかの句や晩年の句についても怒り、あるいは嘆くような句で、そこに直接的な左傾思想や特定政党の影響はごく一時期を除けば少ない。また丁種は、

友捕はるしかし無季句は棄て去らじ　芝子丁種

と昭和十六年に詠んでいる通り、どうやら基本的には無季俳句の人である。

早稲田大学教授、立教大学名誉教授を務めた国文学者の井上宗雄氏が生前（平成二十三年逝去）、早稲田大学小野記念講堂で開催された「俳文学会第五十九回全国大会」における公開講演で、次のように語っている。

――現在やや注目されることの薄れているようにみえる「土上」は、元来「ホトトギス」系の俳誌でしたが、新興俳句運動に同調、新鮮な近代的感覚の句風を顕示し、その中から東京三（のち秋元不死男）、古家榧子（のち榧夫）、芝子丁種らによってリアリズム論が展開され、生活感

情に根ざした作風を示しました。主宰青峰の息洋一は早大の学生で、「早稲田俳句」を学友と刊行、運動の一翼を担いましたが、このように新興俳句はとりわけ若い層の広い支持を得ました。

実は井上氏は若い頃、新俳句人連盟に所属していた。なので連盟員の経験を持ち、語ることのできる貴重な存在だった。俳句は島田洋一に学び、洋一選の「黒馬」という俳誌に投句していた。赤城さかえと同様、加藤楸邨の「寒雷」にも所属した。

――洋一選の「黒馬」という小さな俳誌も出しました。俳句も文化国家建設の一翼を担うもの、として皆はりきっていました。物質的には貧しくとも、明るくて自由な時代でした。

そして井上氏は実際、丁種に会っている。

――洋一の紹介で、（昭和）二十一、二年に、東京三（秋元不死男）・芝子丁種といった人々が大原俳句会の指導に見えました。「東京から三人の先生が見えるのですか」などと質問されたりしました。お土産にはお米を差し上げたものです。当時の印象を記しますと、京三は四十過ぎ、落ち着いた感じの、如才ない人柄で、説明の丁寧な、俳句の先生としてうってつけの人、丁種の方は若くて、「俳句は一筋に打ち込むべきもの」など、多弁で威勢のよい感じでした。芝で生れて、徴兵検査で「丁種」だったから号とした由を洋一から聞きました。

「草田男の犬」論争でみな一様に口にするのは「芝子丁種ってなんて読むんですか」である。あるいは「芝子丁種とはどういう意味か」である。ここで井上氏は貴重な話を披露してくれている。なるほど「しばこていしゅ」と読み、「芝に生まれた子で、戦前の徴兵検査で丁種合格だったから」とわかる。昔をきちんと語り、残してくれる方というのは素晴らしい。

しかし今度は芝子丁種の本名が知りたくなる。そして「丁種のほうは若くて」と言うからには四十過ぎで落ち着いた京三（秋元不死男）よりは若かったのだろう。

これに関して、大輪昌氏が貴重な思い出を井上氏同様に残してくれている。大輪氏は角川源義の「河」に所属、長く連盟の会員で、確認できるだけでも昭和二十二年六月号の「俳句人」に「沖縄にありてうたへる」という作品を寄せている。晩年、平成十年の「俳句人」にも「私の歳時記」というエッセイを寄せている。

大輪氏は角川書店「俳句」昭和六十二年五月号の「私説俳句史」で芝子丁種について「詩を撒く仕掛け人（芝子丁種）」と題して回想している。

――芝子丁種の本名は、鈴木雋一郎（筆者註：すずき　しゅんいちろう）という。（中略）彼の父上は青峰先生と同じ国民新聞の出であった。彼の家は世田谷区松原町にあり、隣家は林原耒井（筆者註：はやしばら　らいせい、夏目漱石に師事した俳人で英文学者）であった。

――芝子丁種を知った頃（筆者註：大輪氏は昭和十四年八月と述懐）、彼は第一書房（筆者註：戦前の出版社。ジェイムス・ジョイスの『ユリシーズ』やパール・バックの『大地』を日本で始めて翻訳したことで知られる。昭和十九年廃業。戦後の第一書房とはまったく無関係でどちらかというと第一書房再興に失敗した元第一書房編集者、伊藤禱一が設立した第二書房がその系譜となる。ちなみに同社のゲイ雑誌「薔薇族」の編集長で、映画やテレビドラマにもなった『ぼくどうして涙がでるの』の作者、伊藤文學は伊藤禱一の子）の記者で、春山行夫（筆者註：現代詩運動で知られる）が「セルパン」の編集長をしていた（筆者註：「セルパン」は第一書房が出していた総合文芸誌）。私に「セルパン」から俳句の依頼がきた。

――次に、芝子丁種の持ち込んできたのは童話である。大日本婦人会（筆者註：大日本帝国の女性団体で大政翼賛会の女性組織、のちに国民義勇隊女子隊となる）の機関誌日本婦人の編集に移ったから、私に童話を書けという。（中略）次に、丁種のついた職は、写真連盟（筆者註：全日本写真連盟）の機関誌「日輪」の編集である。（中略）その次は、慰問用雑誌の「戦線文庫」（筆者註：大日本帝国海軍の雑誌、編集はのちの日本出版社）に、青峰先生の俳句選を代筆しろというのである。（中略）僅かな選評の謝礼でも、先生のお宅へ届けたいというのが丁種の意向のようである。私は引き受けて、先生のお名前で選評を書いた。

若き日の丁種はなかなかのやり手編集者だったようだ。父親が青峰と同じ国民新聞ということで、その縁で「土上」に関わるようになったのかもしれない。また「セルパン」、「日本婦人」、「日輪」、「戦線文庫」と当時の一流雑誌の編集者として飛び回っていたことが伺える。大輪氏に限らず俳句仲間にも仕事を振っていたようで、嶋田青峰の代筆の一件は人となりが垣間見える。それにしても戦後あれだけ戦犯がどうのと騒いでいた丁種も、「日本婦人」や「戦線文庫」といった大政翼賛会系の仕事に従事していたことは、仕方のないことだが同じく戦争協力者であった一石路と同様、興味深い。

大輪氏は昭和十六年三月に結婚したが、その時の友人代表は芝子丁種だったそうだ。それだけ親交の深かったこともあって、連盟を去ってまもなく沈黙した丁種から昭和六十二年、突然「愚かなるかな核」という題のついた四十句の作品を送られている。封筒にある住所によると茅ヶ崎に住んでいた。

地に核　海に核　夕べ敬虔な鐘鳴れり　　芝子丁種

実はこの作品はこれより前に当時の中曾根康弘元首相に送りつけたという。これを中曾根首相が読んだかはわからないが、

「私の立場は共産党とも社会党とも関係なし」
「土上リアリズム残党、八十一歳」

と記されていた。

実は丁種はそれに先立つ昭和五十二年、「ジャングル白書」という十五句を「俳句研究」三月号に発表している。連盟を去って以降、長く沈黙していた丁種が俳壇の表舞台に作品を寄せた。

捨て去りしヌード誌を　猿読むふりする　　芝子丁種
猿赤面せり　二足獣は性器を隠し持つ　〃
遠く呼ぶジャングル　郷愁の猿抱きあう　〃

晩年の丁種の俳句は「分かち書き」だったようだ。無季俳句であることは変わらないが、この「ジャングル白書」もすべて分かち書きで書かれている。定型は完全に崩れていて、自由律というよりは一行詩か。句についてはどうにもノーコメントだが、この作品をよこされて掲載した当時の「俳句研究」編集部には敬意を表したい。

それにしても、連盟を去って以降の芝子の身にいったい何があったのか、どうして生きて、どう死んだのか。

これに関しては、細井啓司氏が芝子丁種の生涯を追ったルポルタージュを発表している。「俳句人」平成八年九月号「芝子丁種の最晩年」である。

そこには丁種の、赤城さかえとの「草田男の犬」論争を経て、連盟を去ってのちの壮絶な人生が綴られていた。いきさつによると角川書店の『俳文学大辞典』（一九九八年刊）に初めて芝子丁種の名が記されるも、「生没年未詳」かつ本名無しで掲載されたため（執筆担当は川名大氏）、細井氏が前述の大輪氏らに協力してもらい、丁種の実妹や甥に取材したという。細井氏にしても川名氏にしても、こういった俳人に対する調査や取材には本当に敬意を表したい。有名な大俳人なら書く者も、知る者もいて容易に残るだろうが、忘れられた、忘れかけられた俳人は忘れられるだけでなく消えてしまう。有名人だけ残ればいいというのは歴史哲学の欠如である。

さて芝子丁種、どうやら完全に消えていたわけではなく、先にも「俳句研究」などの発表にも触れたが、晩年に俳句を再開したようである。「茅」という俳誌に作品や文章を発表していた。編集後記では、

「戦前「土上」を編集し、新興俳句の闘士として活躍され、戦後は俳壇から姿を消しておられた芝子丁種氏」

と書かれていることからも、誌上ではそれなりのビッグネームの復帰として扱われている。

一匹の俳句の好きな油虫

腐れ門柱倒れんとして　守宮棲む

夜半覚めて　去年も夜々見し油虫
鳴くや油虫　呆け俳人の枕もと
わが三文俳句　覗き髭振る油虫
油虫苦吟するがに　一茶句集の上に
忍ぶ油虫　深夜もモーニングを着し
子無き老妻　油虫に饗す角砂糖
雨漏りはげし　今宵は油虫も来ず
陋居追いたてらる　籠で移ろう油虫
霜降りん　わが裾に入れよ油虫

以上が昭和六十一年一月号の「茅」に掲載された連作である。丁種にしては珍しく有季である。その他、細井氏の調査で「茅」には様々な文章やこのような作品が掲載されたようだが、どれもノーコメントである。この作品について丁種は自解しており、

――人間を恐れぬ一匹の油虫が、油虫を毛嫌いせぬ私と出会っただけのこと……人間を恐れず近づいて来た虫を、益虫でないからとて殺す気にはなれませんでした。人間に嫌われる油虫でも、人間が危害を加えなければ、人間になついてくるものだということを、私は八十才を越して教えられました……

正直なところ、丁種は年齢もあるのだろうが精神的に不安定だったのではないか。文学や芸術はそうした狂気が評価されたりもするが、この「ジャングル白書」および「一匹の俳句の好きな油虫」は狂気以前に創作における自己の客観性（内と外）が完全に欠落している。

それにしても、あの「土上リアリズム」の先頭に立ち、編集者として八面六臂の活躍をし、新俳句人連盟の発起人のひとりとして名を連ね、赤城さかえと「草田男の犬」論争を繰り広げた論客がこのような凡庸な自解しか書けなくなるとは。

しかし、精神的に不安定になったのは丁種以上に妻であった。いや、妻によって、かもしれない。丁種は晩年、この妻、ヤエの介護で生涯を終えたのだ。ヤエは大正五年生まれ。実妹への細井氏の取材によると、「丁種は気が短く、勤めてもすぐ喧嘩をして辞めてしまう」「結局は奥さんの日本刺繍に頼った」そうだ。生活は貧しく、生涯借家ぐらしで子もなかった。丁種の句に〈銃棄てたり花々咲きて妻身ごもる〉という句がある（「俳句人」昭和二十二年新年號）。残念ながら生まれなかった。夫婦ふたりきりで、戦後日本を生き抜いてきた。

その妻、ヤエはくも膜下出血で倒れてしまう。

あゝわが良妻ヤエの脳血管破れたり
銭にかゝわりしことか　突如ヤエ倒る

これは「ああ良妻ヤエ倒る」と題された作品で、実妹のところに送られて来た。丁種が死ぬ数日前に送られたもので、この作品自体はずっと前に作られたものである。丁種はヤエの日本刺繍の仕事に生活を頼ってきたので、倒れられて本当に困ったらしく、また「銭にかゝわりしこと」とあるように、そのあげくの末路を嘆き悲しんだことがありありとわかる。

ヤエは一命をとりとめたが、精神はまともでなくなった。

脳手術三回あわれヤエ精神異常となる
放心のヤエ唄う〝古里の山みかんの山〟
ピアノ欲し　鼓打ちたしとヤエあわれ
狂女かヤエ　笑えば白髪の童女となる
ゆり起せど眠るヤエ　失禁また起る
深夜さ迷うヤエか　ベッドに緊縛され
家に帰りたしとヤエ泣き　われは米炊ぐ

俳句としての出来はともかく、とても胸に迫る。ある意味、ここに極まれり。丁種の目指した「土上リアリズム」は、丁種なりに完成を見たのかもしれない。

わが句業《くごう》　支えしヤエよ　燃え果てしか
狂妻を詠むつたなきわが句　ヤエ知らず
医師診《み》放す　ヤエ見舞う人も遠退くや
なぶられいしか　ヤエの虚言をわれ詫びる
一緒に死のうといえば肯く狂気の妻

丁種は最晩年、戦後の出版業界や俳壇の華やかな席も知らず、バブル景気も関係なく、「土上リアリズム残党」として茅ヶ崎の片隅でひっそりと闘っていた。

私は癌か　痛し痛しとヤエには告げず

丁種はすい臓がんだった。しかしヤエの介護のため入院はせず、痛み止めで絶え続けていた。

ある日ヤエ　丁種死せりと電話し泣く

この句はヤエのせん妄を詠んだ句だが、この句の通り、丁種はヤエを残してすい臓がんで死んだ。平成元年五月八日であった。ヤエは丁種の死もわからぬまま、平成六年に亡くなった。夫婦は子どもがいないため、丁種の実家の鈴木家の墓（千駄ヶ谷の仙寿院）に葬られた。
以上が「草田男の犬」論争を経た、連盟脱退後の芝子丁種の生涯である。丁種は戦後、高度成長の恩恵を受けることなく、文学的成功も得られず、「土上リアリズム残党」として不器用な人生を送った。幸いなのは妻のヤエと添い遂げたことか。

Wem grosse Wurf gelungen,
Eines Freundes Freund zu sein,
Wer ein holdes Weib errungen,
Mische seinen Jubel ein!
Ja, wer auch nur eine Seele sein
nennt auf dem Erdenrund!

一人のかけがえのない友を手に入れた者、
一人のかけがえのない妻を手に入れた者よ！
歓喜の歌を共に歌おう！
そして、この世界でただ一つの心を手に入れた者も！
（フリードリヒ・フォン・シラー「歓喜に寄す」より。筆者訳）

第九で有名なこのシラーの詩――「草田男の犬」における論争や俳句の評価、社会的成功は得られなかったかもしれないが、愛する妻と死を賭して添い遂げた丁種は、歓喜の歌を歌う資格ある人間であったと思う。

丁種との論戦

論戦の幕は切って落とされた。

芝子丁種は「草田男の犬」を発表した駆け出しの俳論家、赤城さかえに対して昭和二十三年一月、「反ばく的論文」（同号編集後記による呼称。石橋辰之助と島田洋一の連名なのでどちらが付けたかは不明）を寄稿する。

――ところで赤城のいうところの批諍精神としての「草田男の犬」は、戰爭否定を象徴してはいまい、たとえ草田男が批諍精神として犬を登場させたにしても、せいぜい戰爭傍觀の犬でしかあり得ないと思う。この句が心境的なのは、「壯行や」の「や」という感慨があるからだがそれがなかつたら、この作品は單なる壯行風景句としかとれないだろう。戰爭を批判し哲學する立場を象徴するには、人間的思考力なき犬を登場させるより、中世期の泰西宗教畫（筆者註：西洋の宗教画のこと）に見られるような、荊冠のキリストを立たせた方が、寫實的象徴はより明確になるが、いずれにせよかかる手法は、リアリズムの表現としては陳腐である。

丁種の具体的反論はこの一節から始まる。その前の文は小田切秀雄が昭和二十二年十二月号の「現代俳句」で、草田男が終戦時の玉音放送を詠んだ句、

切株に据し蘖に涙濺ぐ　草田男

空手に拭ふ涙三日や暑気下し　〃

を批判したことを挙げ、

――リアリズムの立場にいるわれらは、小田切の草田男を批判した結論ともいうべき「俳句に現代生活とその内面に觸れることが出來ないのではないか、そしてそれが出來ぬとすれば現代の文學としての資格が無いのではないか」という疑惑にたいして、深い反省のもとに、現代の文學としての俳句を確立しようと努めているのである。

と、かつて丁種ら「土上」メンバーが青峰の下、標榜したリアリズム、いわゆる「土上リアリズム」の立場を前置きしている。また小田切の草田男批判に触れるだけでなく、自身も草田男批判として具体的にいくつか句を引いている。

宮城はうつゝ受影は永久の冬の水　草田男

――「受影は永久」によつて天皇制護持を象徴したとするのかも知れないが、問題はリアリズム俳句において、かゝる「寫實的象徵」なる手法ははたして妥當か否かという點にあるのだ。

外套の釦手ぐさにたゞならぬ世　草田男

――この草田男の作品は、軍閥荒木大將（筆者註：皇道派の陸軍大将荒木貞夫のこと、「二・二六事件」の黒幕と疑われた）のいわゆる非常時を詠つているだけで、そうした非常時を發展させつつある軍閥にたいして、作者の與するのか否定するのかという重大な立場は詠われていないのである。

カーキ色の世は過ぎにけり夏の蝶　草田男

――問題なのは、軍國時代が去つたと詠つているだけで、肝腎な作者草田男の軍國主義にたいする思想的立場は、軍國主義が去つたことが悲しいのか喜びなのか、一向うかゞえない點だ。「過ぎにけり」の「けり」が詠嘆であるだけでは、作者の感情は現れていないし、「夏の蝶」にしても季感以外に何を象徴しているというのか？

そして丁種は「土上」の二人、東京三（秋元不死男）と島田洋一の句、

兵見ぬは愉快並木に夏來る　京三

嫌な記憶カーキの戰鬪帽と去らず　洋一

を挙げ、「俳句でかゝる現代人としての感情が詠えないのではない。立派に詠えることは、次の作品を見ればわかることだ」と、かつての「土上」同人仲間を自賛し、草田男の俳句を「現代俳句として無價値の作品である」と言い切る。さらに、

――しかし草田男は頑迷にもいうであろう、そこまではつきり詠う必要があるか？　と。もちろんこれが無軍備というような現實を詠つたものでなく、たとえば

金魚手向けん肉屋の鈎に彼奴を吊り　草田男

の、彼奴がどんな人間か、どんな理由で鈎に吊るのか、そんな野暮な詮索をしなくとも、これはこれでまことに面白い作品として、十分樂しく鑑賞できるのだが、問題は、詠われた内容が

社會現實であるリアリズム作品の場合は、作者の思想的立場が表われていない以上、それは小田切のいうごとく、現代文學としての俳句とは認め難いし、そこに草田男俳句の思想的缺如があるのだ。

と、草田男俳句の曖昧な表現手法を批判している。その例として、

灯蛾は夜々減れど戰報相つげり　草田男
親雀子雀ラヂオ軍歌ばかり　〃　＊原文ママ

の二句を挙げ、それぞれ二つの鑑賞が成り立つとして、

――一つは、これを單なる戰時下の一風景と解する鑑賞で、前者は灯蛾と戰報の對象によつて戰時下の世相を描いたと見るものである。これはこれで誤りとはいえまい。かゝる鑑賞者は、これらの作品を花鳥諷詠と見るであろう。しかし、これらの作品にたいして今一つまつたくの鑑賞がなされる。それはこれらの作品に手法として「寫實的象徴」がなされていると解釋する立場だが、前句の場合は「灯蛾は減れど」に作者の思想的諷刺が象徴されているとするもので、その場合は「減れど戰爭はまだ熄まないのか」という戰爭否定を詠つてゐると見るものだが、また後句は、戰爭によつて破壊される家庭生活を雀の親子の團欒によつて象徴し、「軍歌ばかり」

によつて戦争を諷刺したものと見るものだ。そうなると戦時下にかゝる反戦的作品を作つた草田男は、當然投獄の憂目を見ているはずではないか。

花鳥諷詠とも、反戦俳句ともどちらにもとれる句であり、だからこそ草田男は捕まらなかった。そんなものはリアリズム俳句としては否定されるべきである、故に草田男のこれらの俳句は、

——單なる世相寫生として見るべきであると思ふ。

と結論づけている。

さて丁種の文はこの前文を経て赤城さかえ批判となるわけだが、その丁種の言いたいことをかいつまむと、「単なる世相写生」でしかない草田男の俳句、〈壮行や深雪に犬のみ腰をおとし〉を、さかえが「犬は単なる写生の犬ではなく、哲学者としての一匹の犬を見出した作者の批評精神」、「写生主義から近代リアリズムへ成長した上の写実的象徴としての犬」、「短詩系文芸の最高水準」、「子規の革新の精神」、「近代リアリズムの一つの頂点を示す世界」、「我々が明日の文芸に要請するところのリアリズムとロマンチシズムとの統一の上に成長する新しいリアリズム」といったような賛辞を繰り出して、肯定的に評価しているのはけしからん、ということである。〈壮行や〉の「や」はさかえの言うような戦争懐疑などではなく、戦争感激であり、戦争謳歌の「や」であると。結局の

所どちらにもとれるような句は優れたリアリズム俳句などではなく芸術性にも疑問符がつく、犬に至っては単なる傍観者である。これぞまさに桑原武夫の言うところの第二芸術の作品ではないか、ということである。

——われらリアリストは、「寫實的象徴」なる曖昧な手法を否定することによつて、小田切の指摘したごとき草田男俳句的な思想の朦朧性を克服せんとするのである。リアリズム俳句において重大な問題は、「何を」「いかに」詠つているかという點だ。

と、曖昧ではない明確な表現が重要だとし、その後者「いかに」の問題のみをさかえが取り上げ、「壮行や」ごとき上五だけで草田男の戦争に対する立場などわからない、それなのに、「戦争に対する懐疑とか否定とかはありふれたことである。その程度の思想の位置は確かに陳腐そのものだ」というさかえの擁護は、その朦朧性によって新人作家をたぶらかす反動的草田男俳句にまんまと騙されているのであり、さかえもまた反動的である、と断じている。

丁種の反論はこのようなものである。この丁種の論はのちに『戦後俳句論争史』ではかなり省かれてさかえに引用されている。とくに草田男句に関する丁種の解釈は省かれた上で引かれている。どれも草田男批判のための批判といった様相なので丁種の言いたいことだけ引けばよいレベルの論であり、さかえが端折るのも仕方のないところだが、本書では公平を期すため当時の「俳句人」本誌からそのまま引いた。

論敵・山口草蟲子

また丁種だけではなく、同誌同号には山口草蟲子と島田洋一も丁種の援護射撃のごとく反「草田男の犬」側として寄稿している。山口草蟲子はのちの山口聖二。本名は山口成二で明治三十三年鹿児島県垂水市生まれ。同志社大学文学部哲学科卒業後は中学校の教師となった。吉岡禅寺洞門の俳人で、禅寺洞の主宰した「天の川」同人。後年は宮崎県にあった日向学院短期大学（平成二年廃校）の教授となった。禅寺洞の口語律運動を継承し、戦後まもなく赴任先の京城（ソウル）の中学校から引き揚げたのち新俳句人連盟に参加、自分で「崖」「天街」といった結社を立ち上げたが、後年は同じ禅寺洞門下の前原東作の「形象」や富澤赤黄男の「薔薇」、中村草田男の「萬緑」（びっくりである！）、金子兜太の「海程」と渡り歩いた。晩年まで教授として経済的には安定した生活を送り、様々な結社で俳句を詠んで過ごした、丁種に比べれば幸せな戦後生活だったと言えるだろう。のちに俳号は聖二となるが、本稿では基本的に当時の草蟲子で統一する。

さて、その草蟲子の「草田男俳論のオプチイミズム ― 批判精神を中心として ―」だが、まずオプチイミズムとはオプティミズムが一般的で、「楽天主義」という訳語となっている。哲学でいうと「最善説」となる。もともとは神学の影響の強い言葉で、現実世界に艱難辛苦があろうとも神が創造したのだから、あらゆる世界（パラレルワールド）に比して、神が実現したこの世界は善であるという考え方である。ライプニッツによればそれこそが「予定調和」（充足理由律）であるとした。ちなみに対義語は「悲観主義」、ショーペンハウエルの論だが、日本人にはこちらのほうが合っているかもしれない。

しかし、文中では直接的に「草田男の犬」そのものには触れていない。あくまで戦後草田男の態度と、「現代俳句」（筆者註：ふもと社発行時代）昭和二十二年六月号の「教授病」（「現代俳句の為に第二芸術論への反撃」と題した特集。第二芸術論の桑原武夫を「教授病」と批判したもの）に対して〝「教授病」は草田男自身の俳論の到る所に顕著に認められるのである〟という「草田男こそ教授病だ」であり、「俳句研究」昭和二十一年十、十一月号の座談会「現代俳句の諸問題」における草田男の新興俳句批判に対する批判である。これだけ見るなら草蟲子対草田男だが、先の丁種の論に付帯することによる丁種の援護射撃としての間接的な赤城さかえ「草田男の犬」批判の意図が垣間見える。

――氏（草田男）は新興俳句の運動は戦争に依って没落し壊滅し去つたと聲を大にして宣傳しているが、若し新興俳句後期の無季俳句運動に思想的詩的革新の批判精神がなかつたとしたら、例えば氏（草田男）の隷属する封建ホトトギスの反動結社の花鳥諷歌の風雅にたんできしているのであつたのなら、何の故あつてか、新興俳句人がルイセツの憂目を見る必要があつたろうか。われわれは寧ろ反對にあの狂言的軍國主義の時代にいとも安穏に作品をつゞけ、俳誌をのうのうと續刊しつゞけたその批判精神なき文藝運動をこそ近代に於ける七不思議の一つとして俳句史上に記録し置かねばならぬと考えるのである。

丁種もそうだが、基本的に草蟲子もまず「草田男憎し」である。憎しの理由は先の丁種の件で言及したが、やはり新興俳句運動の批判者として（まして大虚子の弟子、ホトトギス派として）、そして天才草田男として自他ともに認められた存在として矢面に立ったからこそその「有名税」でもあろう。また新興俳句の俳人側（とくに弾圧を直接受けた側）からすれば、伝統俳句を標榜しながらそれほど我々と違うとは思えない進歩的な俳句（と勝手に新興俳句側が思っていた）を詠みながらこちらを批判し、あげく草田男だけが捕まらずにのうのうと生き延び、戦後現代俳句の中心人物のような面をしているのか、といったところか。丁種はその理由を、草田男の姑息な曖昧表現にあるとしたが、草蟲子も基本的には同様の考えである。丁種が「土上リアリズム」俳句の立場からなのに対し、草蟲子は「天の川」口語律運動の立場かつ無季俳句容認側としての立場を鮮明に草田男を以下のように批判している。

——「韻文の世界の運動であつた筈の新興俳句は」と氏（草田男）はつゞける「無季俳句に至つて結局本質的に云えば散文に歸つてしまつたのです」と。無季俳句は散文であるという結論をはつきりと裏返せば有季俳句は韻文であるということになるが、「教授病」もこゝまで硬化すると施す術がなくなる。素直に新興俳句の反省と歩いて來た運動の批判に沈潜せんとする新興俳句の人々の中にも連作の行過ぎがあつたり、その餘孽（筆者註：余蘖＝よげつ、ひこばえのこと。滅びた家の生き残り）とも見らるゝ構成俳句の試作が發表されたりしたが、然し其等は新興俳壇の鋭い批判に依つて是正されて來ている。「歴史の若さ」の罪は其は本流の泡沫の如きものであつて、それを本流の中心と見誤る如きはとるに足らざる論家のすることである。

今となっては無季俳句がなぜ主流となり得なかったかを自身が説明してしまっているのは皮肉な話だ。そして草蟲子の論に至っては、残念ながら丁種にも及ばない。なるほど「草田男の犬」は赤城さかえと芝子丁種との争いだ。草蟲子は以下のように続けている。

——氏（草田男）が有季だと信じて發表した作品が無季だつたら氏は飛上つて驚くべきである。

例えば

もの言へば雜炊焦げの舌にがし
共に雜炊喰すキリストの生れよかし

この雜炊は冬の季のつもりであるのだろうが若しこの作品が現代俳句であるならば、無季節の作品で、當然あらねばならぬ。冬だけ雜炊を喰す人種はもう此の缺配國（筆者註：けっぱいこく、缺配＝無配給、配給の滞った国のこと）に介在する筈はないからである。

この体たらく、正直「草田男の犬」論争に草蟲子の援護射撃は不要である。

だが興味深い言及もある。丁種はあくまで戦争協力者としての草田男であったが、天皇については触れていない。「草田男の犬」がそもそも軍国主義の世、全体主義に対しての批判か翼賛かの話であり、天皇という国体には及んでいない。しかし草蟲子は草田男と天皇について言及している。

――氏（草田男）は戰爭中一體何を思考し、如何なる作品を發表して來たのだろうか。戰爭の被害者の一人であつたことは間違いないのだろうが俳句作家として若し被害者の一人であつたなどといつて見たところで誰がそれをまともに受け取る者があろうか。氏は間違なく敎壇の戰犯者の一人であつたし、俳壇の戰犯者の一人であつたことは隠れなき事實であるからである。國學者中村敎授の戰犯的事實は俳句作家中村草田男の思想と機密に連關している。

宮城を拝す

宮城はうつゝ、受影は永久の冬の水

鏡なき冬日や光芒剣なす

――天皇制護持者の作品として立派なものであるが、これ等の作品も少しも作家の批判精神の閃を見ることは出來ない。「光芒劍なす」の如き表現から來る鑑賞家の享受から批判して尚天皇制の軍國主義の温床たるを想到せしめるのである。歴史上の一大事としてすでに天皇制は破碎されている。唯毅然として陛下は個人としてわれ等の尊崇の中に一系を捧持していられる。

さればこそ立派な作品と感じつゝも、其の表現に軍國主義的色調は批判し去らるべきであろうし、心ある作家の愼重を期すべき時ではないだろうか。

草田男を天皇制護持者と決めつけるに足る典拠がこれでは――「天皇制護持者草田男」「天皇制は破砕されている」などと説きながら期すべきものは〝心ある作家〟というのは拍子抜けだ。草田男の言う「教授病」を自身のことだと揶揄した草蟲子だが、これでは草蟲子こそ生ぬるい説教程度の論を発表するような「楽天家」（楽天主義者にも至らない）である。以降も新興俳句作家が獄窓に送られた輝かしい受難の日だの、自由意志は意志せざれば滅びないだの、戦後の新興俳句の運動は如何に真剣に現代俳句の探求に精力を傾けつつあるかなど、まあ、事細かに書く必要はないだろう。

――氏（草田男）の言説は中學生を前にした啓蒙的な俳論が多く、その傳統の肯定も、現代の人間的および藝術的内容と格闘の末に實現されたものではない。中村教授の文學的な國民主義と褊狭愛國主義的な新古典主義に對してわれわれは決して同意することは出來ない。氏は人爲的ニホン性という金科玉條を以つて、ニホン精神を狭めんとする。ニホン精神を芭蕉主義の陳腐なる先入見に縛りつけようとしている。氏は現代の芭蕉と自認して悦に入つているのだろうが、はつきりといつて氏は現代俳句の指導者ではないという一部の評は正鵠を得ている。

これでは草田男という怪物は倒せない。いや、草田男は歯牙にも掛けないだろう（実際歯牙にも掛けていない、というか草蟲子は後年、草田男の「萬緑」に入った。草田男恐るべし）。草田男を中学生を前にした啓蒙的云々と言うなら、草蟲子も申し訳ないがまこと中学校のどこにでもいる小うるさい一教師である。実際、草蟲子は中学校教師であった。そして何の因果か教授にもなった（教授病になったかはわからない）。

ともかく、丁種の反駁文とともに草蟲子の反「草田男」論が掲載されていたことは事実である。それ以上の意味はない文だが、事実として掲載した。

山口草蟲子（聖二）は昭和六十年四月に亡くなった。句集は三冊刊行されている。好きな俳句を詠み、大学教授として高度成長を享受して亡くなった。まさしく御本人がオプチイミズムの世を満喫したとは言い過ぎだろうか（草蟲子には申し訳ないが転記しながらその論の出来に辟易した。そもそも論が表題に至らずじまいなのはどういうことか）。

草蟲子本人が後年、その中村草田男の「萬緑」会員となった身でこういった論を展開したことについてどう思っていたかはわからないが、当の赤城さかえは後の『戦後俳句論争史』において、「草田男攻撃の一翼を任ったという以上には、論争との係わり合いはないものであります」と数行ばかり触れているだけである。

そして同号の「緑地帯」というコラムで島田洋一も「草田男の犬」を受けて「俳句のモーロー性」を記している。モーローとは朦朧の意味で、曖昧なことである。

島田洋一は嶋田青峰の息子である。叔父は嶋田的浦で、戦前はこの嶋田家の三人に東京三（秋元不死男）、古家榧夫、芝子丁種らを加え、俳誌「土上」を発行していた。早稲田大学在学中に「早稲田俳句」を創刊している。卒業後、雑誌「家の光」の編集者をしていたが、昭和十六年に四度目の新興俳句弾圧事件で逮捕されている。この影には大政翼賛会とその協力団体であった日本俳句作家協会（のちの日本文学報国会俳句部会）の中心人物で（その役職自体はそれほどでもないが）、俳壇の黒幕とされる小野蕪子が「家の光」の選者欄を欲しがったからとも言われる（選者は嶋田青峰）。真偽はさておき、これまでも新俳句人連盟の設立および俳壇戦犯裁判、丁種の恨みなど触れてきたが、父親を、自分たちの「土上」を殺されたも同然の洋一にしてみれば、戦争に加担した俳人たちを糾弾するのも致し方のない話である。そして丁種や草蟲子同様、洋一も赤城さかえというぽっと出の俳論家ごときの「草田男の犬」を看過できなかったことも容易に想像できる。

島田洋一の〝島田〟は〝嶋田〟ともされるが、当時の「俳句人」誌上では〝島田〟で統一されているのでそれに倣う。

――「草田男の犬」で赤城さかえ氏が草田男の「壯行や」の句を激賞したが、あれは下手な句ではないにしろ、あんな深遠な意味があるものとは思えない。あれは、むしろ犬を詠うことによつて、雪中の壯行の盛大さや観衆の熱狂ぶりを強調したのであつて、その意味で戦争讃美俳句であると僕はうけとつている。

ある意味、非常に素直な感想である。丁種ほどの誇張も、草蟲子ほどのもったいぶった言い回しもない。

――「現代俳句」一昨年十一月號誌上で、石田波郷氏は草田男の

みちのくの蚯蚓短し山坂がち　草田男　＊原文ママ

という句を評して「みちのくのみみず短しもやまさかがちも非常に素直に、鮮明にうけとれる。そしてこの二つの言葉からひき出されるものを、讀者が併せてそういうところにどうして立ち、戦争下の諸現實とたたかう心を抱く作者を思い描く云々」と云つているが、僕には、どうしてもそういう事が感じられない。この句から戰爭下の諸現實とたゝかう心を抱く作者が感じられるだろうか。僕の頭が變でないのなら波郷の頭がどうにかしているのに違いない。

まったく素直に辛辣である。素直ではあるが、句の読解力という点では丁種や草蝨子より当たり障りがない。洋一は西東三鬼の句、

緑蔭に三人の老婆笑えりき　三鬼　＊原文ママ

の話を挙げ、分からないと率直に書いている。

——僕は「早稲田俳句」誌上で、どういう所がいゝのか、その良さが分からぬと云つたのだが、恐らくこの句をクサシた者は無いと思われるほど評判のよい句である。（中略）しかし、廣島で卵を食うとき口をひらくという句について、どうして卵でなくてはいけないのだ等ということは僕には分かりかねる。

〈広島や卵食ふ時口ひらく〉という三鬼の代表句についても分からないと書いている。

洋一は素直である。至って「普通の人」だ。「早稲田俳句」を創刊した功績はあるが、これは本業となった編集者としてのそれだろう。作品にしろ、文章にしろ凡庸である。ただしバランス感覚には優れているので編集者にはうってつけだ。勝手な推測で申し訳ないが、きっと〝いい人〟でもあったろう。

――モーロー俳句は傳統俳句の側にも多いが、我々の側の新しい人々のつくるものにも實に多いのに驚く。世上のい丶かげんなほめ合いにだまされずに、自分の俳句の立場をしつかり把握して、本物と僞物をはつきり見きわめなければならぬと思う。

素直かつそのまま言い過ぎることをリアリズムと捉え、よしとしていた洋一らしい。ちなみにこの文の冒頭では飯田蛇笏に関しても触れており、

くろがねの秋の風鈴鳴りにけり　蛇笏

というこれまた有名な句について、

――こんな句をほめねばならぬのなら野暮天でけつこうである。

と書いている。おそらく野暮天と言われたことがあったのだろう。冒頭にわざわざ持ってくるとはよほど普段腹に据えかねていたのか、もっともこの句解力では致し方あるまい。

果たして後世残ったのは草田男であり三鬼であり蛇笏であり、洋一は消えてしまった。赤城さかえの「草田男の犬」に対する反論として丁種、草蟲子、そして洋一と触れてきたが、なるほど新俳

句人連盟に依った嶋田青峰亡き後の旧「土上」メンバーは戦後、弾圧された側として同情はされても文学的な支持は得られまい。秋元不死男がこういった面々と文学的距離を置き、山口誓子の「天狼」に依ったのは正解であり、それもまた才能である。

当の赤城さかえは後の『戦後俳句論争史』でこの洋一の文を、「唯、読んで通るほかないものですが、こういう受けとりかたが相当多かったことは事実であろうと思います」とだけ述べている。

草蟲子といい、丁種はつくづく援護に恵まれない。草蟲子のそれ以上に洋一のこの援護はいらない。さかえは彼らの反駁文が掲載された号を読んで、ほくそ笑んだに違いない。

論敵恐るるに足らず。

「作品批評における左翼小児病 ―― 続 草田男の犬」

赤城さかえは「俳句人」昭和二十三年五月号に、扇情的な題をつけた「草田男の犬」続編を寄せた。「作品批評における左翼小児病 ― 続草田男の犬 ―」である。

「こういう受けとりかた」の芝子丁種、島田洋一、山口草蟲子らを〝左翼小児病〟と揶揄した、反駁に対する反駁である。

その前号の「俳句人」三月号では「俳句作品合評會」なる当時の俳壇に関する合評が始まっている。メンバーは石橋辰之助、島田洋一、芝子丁種に中台春嶺の四人。加藤楸邨や市川一男、油布五線、野口立歩、高屋窓秋、日野草城と、当時の有名無名を問わず好き勝手述べる合評会で一部をかいつまむと、油布五線の「失業」という作品に対して春嶺が「単に生活を俳句にするのではなく行動に移るための俳句とすべき」と言えば丁種が〈北風の赤旗皇居を隠蔽す〉という句を取り上げて「写生では根本的な解決にならない、作者の立場を明確にすべし」と批判したあげく別の〈失業や萩が咲くゆえ萩見ゆる〉という句に関して「この人の態度は花鳥諷詠だ。萩に失業の心境を託せるか。これは心境の遊びであり自分の心境を弄んでいる」といったやりとりの続く、頭がクラクラする内容である。同じように日野草城の「のくちゆるぬ　さんちまんたる」（「ノクチュルヌ　サンチマンタル」フランス語。英語で「ノクターン　センチメンタル」、感傷的夜想曲の意）という〝ぱむぱむ〟（進駐軍相手の街娼、パンパンのこと）を詠んだ連作に関しては、春嶺が「これは大和なでしこ的パンパンで本当のパンパンはこんな甘っちょろくない」と言えば、丁種が「たくさん金を溜め込んでいるパンパンをこんなセンチメンタルに詠んでもリアリズムにならない」と同意する、今となっては別の意味で面白く、かつ困ってしまう合評である。進行役的な立ち位置の辰之助が「題材主義を草城さんは楽しんでいるだけだからそんな風に立ち向かうと肩透かしを食うよ」とフォローしているのはさすがで、この雑誌の編集人として苦労は耐えなかったであろう。別の「語感と云うこと」というコラムでは古家榧夫（榧子）が、忘年会で辰之助が「女房」という言葉を使ったことをネチネチ批判している。ちなみに榧夫は妻のことをフラウ（ドイツ語で妻の意味）と呼んだそうだ。女房やら家内なんて言葉は封建的で絶対使いたくないらしい。辰之助もとんだ災難であるが、この前年の分裂以降、編集人（編集責任者とも）が石橋辰之助と島田洋一の連名となっている。新興俳句弾圧事件に同じく連座したとはいえ、辰之助はかつて「馬酔木」の石橋竹秋子として山岳俳句で評価された俳人だった。「寒雷」同人のさかえと同様、旧「土上」メンバーとは立ち位置を異にしている。辰之助も難しい状況にあったのではないか。現に「草田男の犬」および今回の続編をさかえに依頼したのは辰之助である。

このように赤城さかえが糾弾され、「草田男の犬」が丁種らによって誌上で吊るし上げられた当時の「俳句人」の誌面は、旧「土上」メンバーを中心とする〝左翼小児病〟らによって牛耳られていた。いや、俳壇全体が戦争協力の果ての惨禍に苦しみ、追求を恐れて沈黙し、各々の生活にも窮していた。弾圧されていた側はそれ見たかと意気軒昂にイデオロギー中心の論を張っていた。俳壇と限定せずとも、日本全体がそうだった。

そんな状況下、さかえの新俳句人連盟に対する二発目の爆弾こそ、「作品批評における左翼小児病 ― 続草田男の犬 ―」である。

―― 昨年の暮、私は「俳句人」十・十一月號所載の拙稿「草田男の犬」の批判を中心に行われるという新俳句人連盟の月例研究會に同連盟員古澤太穂氏から出て見てはと誘われた。連盟は敗戦後日本にできた俳句の團體の中では、民主主義的使命をはっきり掲げた唯一の納得できる組織體なので、私も俳句を作る詩書生の一人として加入したく思つていた矢先だつたので、入會手續を果す爲にも出席してみることにした。ところが、私はその研究會で冒頭からと言つてもよいほど、早くから大論争の渦中にはいつてしまつたのである。

といういきさつの説明から始まる。これについては以前触れた通りであるが、実は原稿自体が前後していて、元々は第一章「作品鑑賞と批評の關係」、第二章「㈠の（イ）批判」、第三章「㈠の（ロ）批判」、第四章「㈡および㈢の批判」、第五章「㈣及び㈤批判」の五章で構成された「―続草田男の犬―」と呼ぶべき部分に、終章として「俳句人一月號所載の芝子丁種氏の論に答える」をあとからつけたものである。これは五章までの原稿として編集部へ送ったあとに芝子丁種の「寫實的象徴の問題 ― 草田男の犬について ―」が掲載されたため、それを読んでの反駁文として終章を後送したものである。

つまり五章までは「草田男の犬」に対する研究会と称する糾弾会への反駁文、そして終章は丁種の反駁文に対する反駁文ということになる。文字数の関係で終章を入れるために全五章を削り、終章そのものも満足な文量ではないことをさかえは認めているが、この終章をあえて付けることを勧めたのは辰之助である。

――芝子丁種氏の論は、先ずその表題が「寫實的象徴の問題」と言うのでも判るように、私が「草田男の犬」の中で誤つて用いた便宜上の造語を、あたかも其の様な文藝用語が既存していたかのように馴れ〳〵しく而も勝手気儘に終始濫用しているのが第一の特徴だ。悪貨は良貨を驅逐するというグレシャムの經濟法則がそのまま言語の世界に適用されるとも思えないが、「寫實的象徴」という非常に危險な誤りを孕んだ悪造語が公式主義者芝子丁種氏の輕はずみな濫用の爲に、それがどんな内容を持つた言葉なのか未だ定まつていないのに、恰も熱病の如く喧傳され、さなきだに理論的水準の低い俳句界を無用に混亂させせはしないか、私は衷心からそれを恐れる。（中略）氏が斯くまででたらめに私設造語に醉い痴れ、恰もファシスト達が「八紘一宇」の語を濫用したように、言葉の觀念遊戯を敢えてする人間だとは想像もしていなかつたことだ。

まず丁種に対する痛烈な批判から入る。そして「冗談も休み休み…という罵言を私は自制するのに苦しむ」「芝子氏にはリアリズムなどということはてんで判つていないことがわかる」として、丁種があげつらった草田男句に関して一句一句反論している。さらには、丁種が草田男と比べて優れていると挙げた東京三（秋元不死男）の〈兵見ぬは愉快並木に夏來る〉と島田洋一の〈嫌な記憶カーキの戦闘帽と去らず〉の二句について言及する。

――芝子氏のリアリズム觀は大體見當がつく。討論の際も「愉快」とはつきり言い切つた點を賞めていたので、第二句も「嫌な記憶」と端的に打ち出した手法が芝子氏のお氣に召しているようだ。

そして「私も好みからしたら好きだ」と前置きして、

――併し、注意したいのはリアリズムと直敍性は違うということだ。感動を端的に打ち出すことは健康な民衆の率直性を俳句にもたらす一方法として確かによいことだ。併し、そのような直叙的表出は既に「感動律俳句」の人達が遙か以前から行つているし、太平洋戦争中にも流行しているのである。その様な經験に徴して見ると、直叙的表出は端的な表現に向く反面、抒情の幅を狭くする傾向があり單純な心理や思想の表出には向いていても複雑なそれには向かないことが看取されるのだ。

いわゆる当時一部で提唱された「感動律俳句」を引き合いに、直接的な感情表現による叙情性の欠如を指摘している。

また恐らくさかえがもっとも言いたかったことだろうが、丁種を「公式主義者」、その手法を「精算主義」だとし、

――芝子氏の論文で驚き呆れる點は數多いが、何よりも呆れざるを得ないのは鑑賞力の低さだ。作品を味解出來ぬ中から「寫實的象徴」などという私製の不渡手形をふりまわして吠えるのだから、いくら吠えても何も生れない。而も評論態度が極めて卑怯で詐術的だ。草田男氏の痛烈な批判者小田切秀雄氏を先ず以て自己の背光の如くかつぎ出し、（中略）草田男俳句を抹殺しようとする（これを清算主義と呼ぶ）雪崩作戰に出る邊り、弱犬には又弱犬の戰法もあるものかな…と、うたた憐れを催す次第だ。殊に赦しがたく思うのは、私の文章の理解もできぬ癖に文章の前後の脈絡を斷ち切つて如何にも誤解を招き易いように引用するなど（これは文章の凌辱だ）その卑劣さ狡猾さには「カーキ色の世いまだ去らず」を痛歎する。氏の詐術的手

管を剔抉する餘白は既にないが、このような手管によつて私に、「反動」のレッテルを貼らなければ自説の無理を維持することが出來ぬところに公式主義者の非進歩的本質があることを指摘するに止めよう。

これ以上ないというほど痛烈に断じている。指摘するに止めようと言いながら、ちっとも止めていないどころか全部言っている気もするが、さかえはよほど腹に据え兼ねたのだろう。何しろ日々生きるか死ぬかの病状のまま執筆してきたさかえである。「左翼小児病」に罹り、俳句の目的外利用を繰り返す丁種ら旧「土上」メンバーやその尻尾に苛立ちを隠せないのは無理もない、さかえはただ文学として俳句を語りたいのだ。

しかしさかえものちに『戦後俳句論争史』の中で、

――羞しく思うのは、折角本筋の論争点では正面から反論を展開していながら、実にあくどいほどの罵言を相手に叩きつけていることであります。（中略）もはやみずからファナチズム（筆者註：狂信的行為のこと）を煽っているほかないという荒武者ぶりで、冷静なディスカッションが円満に行われなかった一半の責任は私にあったことが判ります。

と、述懐し反省している。

論敵・古家榧夫

だが、ここでよせばいいのにこの「作品批評における左翼小児病 ― 続草田男の犬 ―」にも嚙み付く輩が現れる。旧「土上」メンバーの論客、古家榧夫（榧子）と自由律の横山林二、そして潮田春苑である。

古家榧夫は神奈川県横浜市生まれ、戦前の俳号は昭和十四年ごろまで古家榧子《ひし》といって、氷原鴻三の名で田中準の「ポエチカ」に詩も発表している。旧制一高出身（平成十六年版の『20世紀日本人名事典』では中退となっているが、平成三年の「俳壇」五月号の細井啓司「古家榧夫と「ポエチカ」」によれば卒業（一〇六頁四行目）と表記のぶれがある。ここでは論と関わりのない話なので出身としておく）で、研究社に勤めた際に同社先輩の野尻抱影に俳句を学び、昭和四年「土上」に入門、嶋田青峰を師と仰ぐことになる。そして昭和十六年、新興俳句弾圧事件で東京三（秋元不死男）とともに逮捕された。投獄期間はおよそ二年。

ところで古家榧夫と言えば、人によっては大手予備校「代々木ゼミナール」の古家先生だったのではないか。実は榧夫は本名を古家鴻三《こうぞう》といって、戦後は代々木ゼミナールの名物講師の一人だった。代々木ゼミナールの校歌「代々木　代々木　われらの代々木ゼミナール」の作詞こそ古家鴻三先生＝榧夫の手によるものである。榧夫は英語の辞典で知られる研究社出身、アメリカ映画の配給業者にいた経緯もあって英語が得意で、代々木ゼミナールで英語を教えていた。とくに英作文には定評があり、参考書や翻訳書も出している。教育社の『難問題の系統とその解き方（シリーズ8）英作文』（昭和五十四年）には「新宿セミナー・代々木学院・早稲田ゼミナール講師　古家鴻三」とある。複数の予備校を股にかけるほどの売れっ子で、お世話なった人がいるかもしれない。

俳人榧夫の話に戻ると、戦後は新俳句人連盟に関わったごく初期以外は俳句と決別している。湊揚一郎の「古家榧夫を悼む」（「俳句研究」昭和五十八年九月号）によれば、昭和五十三年の「橋本夢道の記念会」には顔を出していたことが確認できるので、完全に交流を絶ったわけではないようだが、この「草田男の犬」論争前後を除けば、戦後の俳壇で榧夫は丁種以上に沈黙している。この論争が丁種同様、榧夫最後の表舞台だったとも言える。

榧夫の「中村草田男論」は昭和二十三年、「北方俳句人」という雑誌に掲載された。

――最近「俳句人」に赤城さかえの『草田男の犬』が出た。之は大問題になり、新俳句人連盟研究会で烈しい論争が展開された。私は

壮行や犬のみ雪に腰をおろし　草田男（筆者註：おそらく誤記）

が「象徴手法と結びついた近代リアリズムの最高峰」であるといふ赤城説は完全な買いかぶりである、と私見を述べた。赤城は「此句は草田男の作品の最高峰である」と云ふ意味に訂正した。

新日本文学会短歌俳句部会研究会・季刊「短歌俳句研究」編集打合わせがすんだあと、伊藤書店で近藤忠義氏に会ったが、氏も赤城説には多分の誤謬があるといっていた。

実のところ、赤城さかえやその論を直接批判した箇所はここだけである。しかしさかえは後に「「草田男の犬」第三論　―　左翼鑑賞主義とその基盤」（以降、第三論と表記する）においてこの点を非常に気にしている。それは草田男の句〈壮行や深雪に犬のみ腰をおとし〉を〈壮行や犬のみ雪に腰をおろし〉とした三箇所の誤記と、「象徴手法と結びついた近代リアリズムの最高峰」などというさかえが口にしたことも書いたこともない主張を取り上げていることである。この第三論は後に触れるが、象徴主義の世界ではなく近代リアリズムであるとするさかえにしてみれば、まるっきり逆に書かれたわけで、ましてさかえは訂正などしていない、それどころかこうして「作品批評における左翼小児病　―　続草田男の犬　―」を引き続き書いて自説を強化しているわけである。またさかえにしてみれば丁種が「写実的象徴の問題　―　草田男の犬について　―」で小田切秀雄の論を自説に持ち出した時もそうだが、近藤忠義を引き合いに自説の補強を図るこのやり口が我慢ならない。小田切は近藤の師である。そしてさかえの義理の兄でもある。近藤とさかえはそれ以前に「草田男の犬」に関して語り合っており、近藤の意見はこんな内容ではなかった。後に近藤も利用されたこと、ましてや義弟を貶めるためというそのやり口に不快感をあらわにした。

はっきりいって、古家榧夫のこのやり口は最低である。「人間古家榧夫論」とさかえは第三論で書いているが、まさしく「人間」、人間性の問題に行き着く。これまで山口草蟲子や島田洋一の批判を往なしていたさかえも、これには怒るのも無理はない。そして先にも書いたが、こんなやり口は丁種の援護どころか旧「土上」メンバーの「左翼小児病」をいっそう明らかにする愚行である。

榧夫はロマンチストである。戦前の句集『單独登攀者』（死後出版された『古家榧夫全集』を除けば唯一の句集である）などは実に詩情豊かである。基本無季なので、俳人というより詩人のそれである。榧夫はさかえの第三論で言及するところの「評論という公的な仕事」にあまり向いていなかったのではないか。「評論という公的な仕事のしかも最も慎重なるべき部分に私語などを不用意に持ち出すことから起こることで、氏の評論にしばしば見られる欠陥である」とさかえは断じている。

——伊藤書店の店先での近藤忠義氏との初対面のときのことを引合いに出している。しかもそれは「氏（近藤氏）も赤城説には多分の誤謬があると云っていた」ということを広く天下に紹介するという唯それだけのために行われている。これが批評というものであろうか。（中略）しかり、だからと言って、近藤氏が伊藤書店でどういうことを述べたのか、私からは断定できない。このギャップは永久に埋まらないであろう。これもまた私的な言葉を公的な評論に野放図に引用することから起こることなのだ。

さかえは榧夫の評論に対する姿勢をこう批判している。第三論はこの先触れるのでここまでとするが、榧夫がこれ以降、「草田男の犬」論争に介入することもなければ、新俳句人連盟からも消え、果ては俳壇からも消えたことは事実である。これが引き金か知るよしもないが、この調子ではさらに失敗して批判に晒されたことだろう。以前「俳壇戦犯裁判（一）」で紹介した榧夫の「戰争中の俳壇」（「俳句人」創刊号）における俳壇の大物に対する戦争協力批判などはあの当時（昭和二十一年）

においては仕方のない書き方とも言えるし、あからさまな私怨やイデオロギーによるこじつけととられても仕方のない内容であった。榧夫は悪い人ではないのだろうが、ロマンチスト故の欠点が論の邪魔をする。潮田春苑は「古家榧夫氏の思い出」（「俳句人」昭和五十八年九月号）において、「学者的純粋性の極めて強い人であった」と書き、湊陽一郎は「古家榧夫を悼む」（既出）で「まさにわが文学の道を貫くといった強い論調であった」と書いているがどうだろうか。むしろ学者的、文学の道のように見えて「純粋性」のみ極めて高い人だったのではないか。榧夫の論は今回のさかえの件に限らず「論」に至らぬ「情」に終始する嫌いがある。

榧夫は自宅のあった東京都台東区湯島の切通坂沿いに「ヴォルガ書店」という古書店も開いていた。連盟からは洋一や丁種に遅れて昭和二十七年に退会、晩年は先に述べた代々木ゼミナールを始めとする予備校の英語講師として生活し、俳句と関わることなく昭和五十七年六月七日、七十八歳で亡くなった。山口草蟲子同様、丁種とは違い日本の高度成長期に予備校講師という糧を得て生涯を全うできたのは幸いと言うべきか。また「受験英語」という時代にマッチした特技もよかったのだろう。

さかえは後に『戦後俳句論争史』において本批判を、

――「赤城説は完全な買いかぶりである」という先入主から一歩も出ない一種の宣伝文みたいなもので、ここに詳しく紹介する意味は殆どないと言えます。

とだけ触れている。第三論における憤慨ぶりとは打って変わったあっけなさである。

ところで最後に個人的にどうしても触れておきたいので書くが、湊楊一郎が先の「古家榧夫を悼む」で俳壇戦犯裁判に触れて書いた、

——私は法律家として一枚加わらされた。しかし、私は、戦争の大きな流れからみると、文学報国会俳句部会の面々などは微力なものであって、この戦争と国民圧迫の元兇は、軍人と政治家と高級官僚にあったはずである。それらの中に、なお要職にあったものもいた。それからすると、俳句事件などの文学報国会俳句部の幹部などは雑魚であって、戦犯問題として取扱うには、どこか焦点からずれている感じをもっていた。そのうちに新俳句人聯盟の動きが、次第に強引になってきた。

という一文はどうにもいただけない。先に触れた楊一郎の「俳壇戰犯裁判私案」のことだが、頰かむりしないだけましとはいえ、あれだけ俳壇戰犯裁判に入れ込み、「制裁」として〈俳句活動に對する監視並にこれに對する筆誅。聯盟の機能と一般の協力により、犯行當時の評論作品とその後の評論作品とを比較論評し、その矛盾の暴露並批判及僞瞞の摘發、などによりその文學活動を封鎖する〉だの、裁判の方法として〈犯行者とその惡行とを一般に募集して之を摘發する。一般の輿論を調査し多數の一致するところをもつて裁判に付する〉だのと記しておいて「私は法律家として一枚

加わらされた」「戦犯問題として取扱うには、どこか焦点からずれている感じをもっていた」はないだろう。確かに楊一郎も一時の感情から起こした行動をとやかく言われたくもないだろうし、あの時代を鑑みれば致し方のない話なのもわかるが、

――戦時に犯した行爲を頬かむりして、再び今の時流に便乗し、民主主義や自由主義の假面をかぶつて、これからの俳壇に横行せんとしてゐる人が見受けられる。見えすいた論で過去の醜行を辯解したり、または、子供だましの理窟で、誤魔化さうとしてゐるのがゐる。これこそ、これからの俳壇の害虫である。

とまで書いておいてこれはない。沈黙した榧夫のほうがむしろ潔い。

論敵・潮田春苑、横山林二

「草田男の犬」および「作品批評における左翼小児病 ― 続草田男の犬 ―」に対する批判は潮《うしお》田春苑《だしゅんえん》からも寄せられている。

潮田春苑の「草田男の犬について」は昭和二十三年の「俳句人」十二月号に掲載された小文である。先の古家榧夫「中村草田男論」から半年経ってのことである。この夏、八月二十一日に新俳句

人連盟委員長の石橋辰之助が急性結核により四十歳の若さで亡くなっている。丁種ら旧「土上」メンバーと「左翼小児病」とさかえが揶揄した勢力の行き過ぎを抑えてきたのは元「馬醉木」で山岳俳句の名手、竹秋子でもあった辰之助である。だからこそ辰之助はさかえに「草田男の犬」を依頼し、反駁文も許した。現役委員長の死は連盟にとっても、さかえにとっても痛手となった。前後して「北方俳句人」（先の古家榧夫「中村草田男論」掲載先である）を連盟の協力の下に立ち上げた連盟員で、新興俳句弾圧事件の被害者でもあった細谷源二は脱退を通告、北海道を中心とした自身の地元シンパとともに離脱した。辰之助の急死を受けて再登板となった栗林一石路の源二に対する怒りは相当なもので、昭和二十四年「俳句人」五月号に「小市民的日和見主義　―細谷源二批判―」を執筆し、「悪質な階級的裏切り」「臆病な小市民」「辰之助を裏切るもの」とそれぞれ大きな見出しを付け、あらん限りの罵詈を浴びせた上で戻って来いと通告している。どちらが正しいかはともかく、「北方俳句人」は元は当時の新俳句人連盟により組織されたものであり、これについて一石路が怒るのは無理もないが、旧「土上」メンバーを中心とした「左翼小児病」に毒された連盟に嫌気が差したであろう源二の気持ちも分からなくはない。ましてや脅されたあげく「細谷がもう一度地上の大衆の中におりてくることを祈るものである」と祈られてもおっかなくて戻りたくないだろう。

さて、潮田春苑に戻ると句集『旅』の紹介によれば、「明治四十一年生まれ、昭和三年頃より詩人佐藤惣之助より俳句を習う」とある。のちに日野草城の「旗艦」を経て「太陽系」で富澤赤黄男の指導を受けたようだが、戦後は新俳句人連盟に参加、書記長も二期務めている。平成二年には「ペレストロイカ」と題して「俳句人」に作品を発表したりもしているので、新俳句人連盟のみならず、現代俳句協会でも覚えている方がいるかもしれない。俳句については戦前戦後と見つかる限り拝見したが、先の作品「ペレストロイカ」から引くと、

汚職の悪臭吹き飛ばせペレストロイカよ
宰相よ権力の座の温みに馴れ給うな
宰相よ学生と市民の意を汲み給え

といった調子であり、もう少し前の作品、「俳句人」昭和五十九年十月号の巻頭、「核戦争後の地球――NHK世界の科学者は予見する――」なる作品では、

ビル被爆ガラス飛び散り骨もなし
核戦や敵も味方も死の灰の中
核戦終りわが世の春のゴキブリ君

これがなぜ巻頭だったのか理解に苦しむが（ご丁寧に「テレビを見て詠みました」的な番組タイトル付きである！）、昭和五十七年「俳句人」十月号の谷山花猿の春苑評「なお続く…」によれば、春苑は「連作が特徴的」らしいので一句一句で詠むものでもないのだろうが、「これは真似ようと

しても真似られない春苑さん独自の作風というより他はないであろう」という花猿の評は色々な意味でもっともであり、先輩に対する気遣いが忍ばれる。

ともあれ、まあ、時代だったというべきか。先に紹介した芝子丁種の「ジャングル白書」同様、とくに深く言及する必要はないだろう。句集『旅』には表題通り旅吟もあるが、基本的には生涯に亘り一事が万事この作風である。連盟初期には自由律にも傾倒したらしく、「俳句人」昭和二十五年一月号の「長屋住人の歌」という作品から選ると、

長屋は皆んな裸だ井戸は汲んでも汲んでもつきない
たまにはカストリもつきあえと云ふ鼻頭の赤い長屋のおぢさん
崩れ落ちる華やかな花火よ長屋の屋根でおいらは観ている

などという作品も見つかる。秋元不死男の「自由律俳句はなぜ栄えぬか」という論評をまさに体現したような長律である。

そんな春苑がさかえに噛み付いたのが小文「草田男の犬について」である。

——私には赤城氏の意圖が奈邊にあるのか了解に苦しむ。（中略）壮行に深雪に犬では素材と

してもことさら新しいとも思はれず、草田男氏の作品としては普通作以上では無い。また赤城氏の云ふ批評精神とはブルジョワジーの自由主義的批評精神であつて、眞の民主主義的批評精神では無い。現下のこの苦しい諸情勢の下で尚かつ私達が求めてゐるものは、全社會のからくりと、その中にある人間の本質のありかたを理解し、民主主義革命に役立ち得る文學である。

――赤城氏は下から盛上つてくる革命的民主主義の作品に蓋をして傳統俳句の作品から自己の好む句を抽出して批評してゐる。

この文（論とは呼べないだろう）に対してさかえは『戦後俳句論争史』において、「ほとんど批判らしいものを述べていない極短い反対意見であるから論外」と一蹴している。春苑もまた「左翼小児病」の罹患者だった。

最後に横山林二「俳句の性格と構造　―レアリズムと象徴に關して―」論考中の一節「三、芝子氏と赤城氏の論争」にも触れておく。横山林二は芝新網町（浜松町）出身。今でこそ高層ビルの立ち並ぶオフィス街だが、かつては東京有数の貧民窟で特殊小学校が設置されるほどの劣悪な地域だった。林二もまた特殊小学校に通い、露天商の父と日雇人夫の母という貧しい家庭に育った。「君知るやペンペンぐさ―私の歳時記―」によれば、「芝公園の椎の実とり、芝浦河口のシジミトリ、カエルツカミの思い出しかない。それも、食べものの足しに捕ったり掘ったりしたにすぎない」と述懐している。

専修商業学校十四歳で関東大震災に遭い、朝鮮人の虐殺や大杉栄一家に対する甘粕正彦や森慶次郎ら憲兵の殺害事件を目の当たりにした林二は社会問題に目覚め、早稲田大学政治経済学部に進む。学費は芸者と女工となった二人の姉が支えた。俳句は「層雲」の荻原井泉水に師事、「有季定型俳句の経験なし」を生涯自認し、プロレタリア自由律を詠むも新興俳句弾圧事件に連座して投獄、肺結核を病んだ。戦後は元「層雲」の一石路や夢道とともに新俳句人連盟を結成、安保闘争やベトナム戦争の自由律を詠んでいる。つまるところ、林二は自由律の人である。「草田男の犬」論争に関しても有季定型のレトリックなどには触れようもなく、あくまで短詩文学として「詩の一ヂャンルとしての創造性」に終始している。論としてはどちらの意見に与するというよりは論争そのものに意味を見出す「芝子、赤城二氏の論争を通じて、俳句の本質究明と創作方法の確率え——われわれはかかる態度のもとに、レアリズムとシンボリズムの問題をおしすゝめたいと思う」という姿勢である。ただし「作者の態度や思想や認識、作者の生活的在り方に眼が向けられてこなくてはならぬ」「作者の態度が基本的なものになるのだ」として「リアリズム俳句とはかかる態度にもとずくもの」という結論はどうか。俳句は文学であり活動家の目的外利用でも、自己アピールの手段でもない。作品と作者が紐付けられる必要はまったくない。草田男がどんな人物であれ、作品は作品である。ただ林二のように作品を作者の人となりで判断するという感覚は、大衆のものの見方としては珍しくない。むしろ一般的ですらある。しかし文学とはそうではない。さかえはこの林二の論の存在自体は記しているが、論そのものに反論も、言及もしていない。
1973年、喀血による窒息で死去。
寛解しても高齢などにより免疫力、抵抗力が衰えると結核菌は眠りから醒め、牙をむく。

ペンペングさよ母に叱られた遠い日のペンペングさ　　横山林二

林二の論はともかく、プロレタリア自由律としての実作は味わい深い作家であり、さかえとも親交が厚かった。大野伴睦の天皇用勅題俳句運動を阻止するために活動もした。〈人と雲と影濃く惜しむさかえの別れ〉〈さかえの死いずこに夏の夜の河あふれ〉〈花いかに鏤むとも赤城さかえ死者〉とさかえの死を「喪失」と題して詠んだ連作もある。

以上、島田洋一、山口草蟲子（聖二）、古家榧夫（榧子）、潮田春苑、横山林二の「草田男の犬」および「作品批評における左翼小児病　―続草田男の犬―」に対する反論を見てきた。結論から言えば、どれも丁種にすればいらない援護射撃である。「敵より怖い」ではないが、むしろ結果的にさかえが言うところの「左翼小児病」罹患者たちがあぶり出されたと言える。

しかし丁種も黙っていられない。さかえに左翼小児病と名指しされた丁種は「作品批評における

左翼小児病 ―続草田男の犬―」に対して反駁文を執筆する。「批評態度の問題（続草田男の犬）について」である。

掲載号は「俳句人」昭和二十四年二月号、奇しくも「石橋辰之助追悼号」であった。丁種によれば、この反駁文も辰之助の依頼だったという。しかし丁種は「赤城の批評態度が實に感情的であり揶揄的であつて不快だつたので、私は再論する氣になれなかった」として、一度原稿を断っている。代案として他の俳人に反赤城さかえ論を書かせたらどうかと提案したようだが、それは辰之助に却下された。辰之助はその時、さかえの「左翼小児病」という言葉を削除することと、編集後記に小田切秀雄の批判を載せると丁種に約束したようだが、二つとも反故にしたようだ。「校正刷も見ているが、しかしそれが後記に載らなかつたのは、はたしてどうゆう理由か」と文中で丁種は書いている。この直後に辰之助は急死したため、真相はわからない。

ともあれ丁種は一度は断った反駁文を書いた。「批評態度の問題（続草田男の犬）について」は「左翼小児病」丁種の考えをストレートに書き綴ったものである。

――連盟は單なる俳句近代詩運動の團体ではない。連盟が俳句における封建的イデオロギー、すなわち花鳥諷詠、季題趣味、風流主義、勇気至上主義と闘つているのは、人民的民族文化としての生活感情に根ざした俳句を建設するためであつて、その目的のために、日本民主主義文化連盟に参加し、他の民主主義文化團体と提携して廣汎な文化運動を展開しているのであつて、俳壇における戰犯の追求もまた、連盟の俳句民主化運動における最大の仕事の一つである。

丁種は今だに俳壇戰犯裁判に固執している。栗林一石路を始めとする言い出しっぺは引っ込めたが、旧「土上」メンバーは、少なくとも丁種は納得いかなかったようだ。

――すでに連盟は、俳壇における著名なファッショ的作家をしばしば糾弾し、文化連盟を通しての世界勞働連合の戰犯調査にも資料を提出してゐるが、もちろんその名簿の中の一人に中村草田男も擧げてあるし、彼の戰犯的所説や作品資料は、前任調査幹事の古家榧夫の手によつて蒐められてある。戰事中、新興俳句が軍閥政府によつて彈壓された當時、草田男も警視廳によばれ注意されたそうだが、しかしそれは彼が反戰的の立場から注意を受けたのではなく、彼の性愛を詠つた作品傾向にたいして注意を受けたものだとゆう。

彼は一昨年「現代俳句」誌上に加藤楸邨の戰犯的行動を暴露して滔々とその非を非難したが、彼が自己の戰犯的行動には一言も觸れずして、かえつて草田男こそ良心的な民主主義作家であるかのごとく見せかけ終戰後の民主主義社會に巧みな自己保身の手を打つたその行動は、當時俳壇から卑劣奇怪な行動として非難されたものである。

あの満洲浸略に始まつた長い悪夢のような戰争謳歌の時代において、俳壇もまた多くの著明作家が軍閥を支持し、恥ずべき侵略戰争を禮讃し、戰捷を期待したことは周知の通りであるが、假に戰捷を得たとしてその結果の社會生活を考えて見るがいゝ。戰時下に輪をかけた軍閥ファッショの專制政治下における人民の自由と生活が、いかに奴隷のごとき慘めなものであるかを……

しかしあの僞の大戰果なるものが次々に發表されて人民を眩惑していた當時において、戰爭の將來を見拔き、日本の敗戰を豫覺し得た人が、はたして幾人あつたろう。さらに重大な点は、日本の敗戰の結果が日本民族にとつて幸福をもたらすものであることを確信し得た文化人が、……その人こそ眞の意味での正しい敗戰主義者なのであるが、……眞實の文化人が幾人あつたであろうか？

しかるに、日本の敗戰を見透した少數の自由主義者にしても、敗戰の結果は日本に不幸をもたらすと結論を下したのだが、終戰の今日、結論は正しいであろうか？

敗戰日本の今日における物資食糧の不足なぞは、戰勝國の英國でさえ惱んでいる現狀であつて、このような一時的現象は、民主主義革命の日本國民にとつて致命的な不幸ではない。今日敗戰から生れ出た民主主義革命下の日本と、そして朝鮮、台灣、カラフトを持つていた過去の神國日本、軍國日本と、それはいずれがより民主的社會であるか、より自由な生活であるかを、われらは深く反省して見るべきであろう。

連盟が文化連盟の一翼として戰犯を追求するゆえんは、この國にふたゝび軍閥ファッショが擡頭し、御稜威を看板にして、廣島、長崎におけるごとき戰禍を二度と繰りかえさせぬためであつて、俳句文化の面において、なんら封建的な立場を反省することなく、反動的な役割を果してゐる多くのボス的作家たちが、民主主義革命進行途上において、大きな障碍となつているからである。草田男が終戦後も依然として封建的な無季俳句否定、花鳥諷詠主義者なことは周知のことだ。

以前からことあるごとに書いているが、丁種の言っていることは前提として間違っていない。むしろこの文に限れば社会批判、飢えしのぐ国民とその原因を作った施政者と軍部に対する怒りには共感できるところが多い。しかし問題はこれが文学の、俳句の論争であるということだ。なぜここでも執拗に草田男や楸邨を戦犯とするのか。旧「土上」メンバーに共通するが、どこか俳句の目的外利用がちらつく。そこにあくまで文学の話をしようとするさかえと、文学を逸脱した社会問題全体に拡げようとする丁種らとの齟齬があるように思える。文学が社会性を帯びることは致し方ないにせよ、それを個々の俳人に対する糾弾に使うのはやはりおかしい。丁種は草田男のこととなると常軌を逸していると言っても過言ではあるまい。ましてやこれまた旧「土上」メンバーに共通するのだが、自身の意見を述べるたびに「私たち」とつける点は本当にいただけない。その「私たち」のエビデンスは何なのか、赤城さかえは「私」の自論しか述べていない。しかし丁種らは必ず「私たち」やそれに類する言葉を付け加える。本文中でも、

――私たちは「草田男の犬」のような戦争にたいする傍観的心理主義作品を赤城のように高く評價することはできない。私たちの戦爭俳句にたいする立場は、その作品の内容が戦爭否定

の場合にのみ高く評價するものである。

だから赤城が研究會で述べた「戰時下の遺産としての草田男らの作品手法を繼承すべきである」とゆう問題は、赤城のような皮相な近代主義リアリズムに據らない私たちにとつて、たゞちに賛成するわけにはゆかないのである。


この部分だけでも三つある。この「私たち」は実に気持ちが悪い。さらには本文の文末で、

——私たちは衷心から、かゝる良心的な作家が、わが連盟に参加されることを期待している。

（フルヤ・カヤオ）


と突然、古家榧夫が「追記」と称して丁種の文章に書き足している。正直に言わせてもらうと、本当に気持ちが悪い。

こんな代物が堂々と掲載される——辰之助の死によって、ついに新俳句人連盟は旧「土上」メンバーを中心とした「左翼小児病」どもに乗っ取られてしまったのだ。

論の後半は「草田男の犬」および赤城さかえそのものに対する先の「写実的象徴の問題——草田男の犬について——」に続く批判となる。


——赤城の批評態度は、作家が戰爭支持の作品を作つたところで、作家の私人的價値を決定

的に損ねるものではないとして戰犯作家を容認し、さらに戰爭にたいする懐疑とか否定とかはありふれたことである、その程度の思想の位置は確かに陳腐そのものだと戰爭そのものにたいする作家の思想的立場を、輕視し棚上げしてゐるのである。赤城のかゝる批評態度が、反動以外のなにものでもないことはあらためて論じるまでもないことだ。

「草田男の犬」のごとき戰爭を詠いあげた作品において、私たちがまず第一に問題にすべき点は、作家が戰爭にたいし否定的立場で詠っているか否かとゆう問題であつて、それによってその作品の價値は決定するし、その作家が反動的詩人であるか否かもまた決定するものである。

丁種は作家と作品を分けるという基本的な批評家精神が徹底的に欠けている。たとえ草田男をそう思うにしても、作品は作品として読むべきであり、この辺りが実に稚拙だ。何でもかんでも「反動」で片付けるのも「左翼小児病」（病気だから仕方がないが）の悪い癖だ。作品ではなく創作者自身の立ち位置や現実のふるまいが先に来るというのでは純粋な作品批評になりえない。

――私が赤城の批評態度を反動的批評と評したのは、上述した通り、リアリストとしての私の立場からなしたものであるが、たゞこゝで斷つておきたいことは、私のリアリズムは何をいかに詠うかとゆう立場であつて、その点赤城の近代主義に據るところのリアリズムとは根本的に異るものだとゆうことである。

だが赤城は「草田男の犬」を「俳句人」に寄稿した當時は連盟に加盟してはいなかつた。だから赤城が近代詩運動の立場から反動的な「草田男の犬」を書いたのはいたしかたないとして、その後連盟に加入し、常任中央委員に選出され、すでに連盟の常任中央委員會にも数回出席した彼は、今日はたして「草田男の犬」における反動的批評の誤謬について反省しているだろうか。

先ほど立ち位置がどうこうと話をしたが、丁種に限らず、その団体にいるからと文学的、思想的自由を阿る必要がどこにあるのかまったく理解できない。仮に「平和的俳句」などというスローガンがあったとして、その道筋は各人違って当然である。リアリズム俳句のストレートな表現や短詩的叙情による人事句はもちろん、花鳥諷詠から見えてくる平和も人間の営みもあるだろう。当たり前の文学、芸術の多様性がこの手合には完全に欠けている。故に「左翼小児病」なのだが。

その後かいつまむと、「研究会は多数決主義で赤城さかえを厭迫したわけではない」、「島田洋一の鑑賞では〜」、「榧夫（古家榧夫）が語っていたが〜」、とここでも弁解と持論の補完に他者を持ち出し、さらには「現代俳句」二月号で高屋窓秋が「草田男の犬」を支持したことについて、窓秋は戦争批判の象徴としての「犬」と見ているが、さかえのそれはそうではなく「犬」を見つけだした手柄に過ぎないと続けている。また、

——私たちが戦争俳句で第一に問題にしなければならない点は、戦争にたいし何をいかに詠うかとゆう問題であるが、赤城のゆうような、「靜かな犬」を見出したたゞそれだけの取り柄にすぎない戦争を否定しない「草田男の犬」なら、そのような戦争俳句は私たちにとつて、な

んらの価値もないナンセンスにしぎないし、そのような作品は私たちにとってリアリズムの名に價しない作品だ。だから赤城が、「この句の世界は決して象徴主義の世界ではなく、近代リアリズムの一つの頂点を示す世界である」とい、、また、「われわれが明日の文藝に要請するところのリアリズムとロマンチシズムとの統一の上に成長するリアリズムの性格なのだ」と禮讃する彼の立場とゆうものはいわゆる近代主義リアリズムであつて、彼の據つて立つ思想の基盤がプチブル的な皮相なリアリズムであることを、自ら物語つている。

困ったことに「赤城よ、なぜ冷静な批評態度がとれないのか」と投げかけている丁種当人が一番冷静ではなく感情的、教条的かつレッテル貼りだという点である。生意気な新参者をやっつけてやろう、草田男を貶めてやろう、という姿勢が見え隠れする。その根底には、戦前の俺たちはひどい目にあった、いまこそ仕返しの時だ、という「土上」時代の恨みつらみがあり、せっかく戦後、新俳句人連盟を旧「土上」メンバーで占めたのにぽっと出のプチブル文学オタクがしゃしゃり出てきたので潰しておこうという意図もある。下衆な推測かもしれないがそれほど外れてはいないと思う。しかし社会主義リアリズムのみがリアリズムではないというさかえの論はまったく正論である。丁種はさかえの立場を「近代主義リアリズム」と呼んで「プチブル的な皮相なリアリズム」であると蔑んでいるが、これこそさかえの批判する「観念的公式主義者」であり、「極左的妄想」である。

また丁種は「草田男の犬」冒頭における青年との対話について、

――しかるに赤城は、「俳句によらず藝術とゆうものがいろいろの鑑賞（時々には相反する）を呼びおこすことは藝術一般の現象で、特に「俳句には」そのように「みなされて来た」事實はないし、あろう筈はない」と強引にい丶切つて、ゲラドコフの「セメント」やショロホフの「靜かなるドン」を引用して、鑑賞差が讀者によつてまつたく異なると論じているが、俳句のような定型短詩にたいしジヤンルのまつたく異なる長編小説をもちだして反駁するなぞ、お門違いの比較論で問題にならぬが、その「セメント」や「靜かなるドン」のごとき社會主義リアリズム小説を反革命と解釋したとゆう輕率な一青年を例に擧げているなぞ、まつたくナンセンスな反駁態度でしかない。

と揶揄している。お門違いでナンセンスなのが丁種であることは、今となっては自明だろう。すべての文学において解釈は個々人に委ねられるものであり、それは小説でも詩でも俳句でも同じことである。ロラン・バルト言うところの「作者の死」は創作物すべてに及ぶ。こんな丁種でも、戦前は「セルパン」、「日本婦人」、「戦線文庫」に携わった編集者である。決して無学というわけではない。それなのに、である。まったく「左翼小児病」は恐ろしい病気としか言いようがない。

「草田男の犬　第三論」

さかえは丁種の「批評態度の問題（続草田男の犬）について」に対して反論稿を書き上げる。これが「草田男の犬　第三論　—　左翼鑑賞主義とその基盤　—」である。草田男の犬論争は一年以上の激論となった。

しかし「草田男の犬　第三論」は「俳句人」への掲載を拒絶された。正確に記すと、この原稿は編集部に提出されたが長らく掲載されず、それからしばらくして編集部より「論争は打ち切る」と通達されたものである。通達者は「俳句人」編集発行人で新俳句人連盟書記長となった榧夫（この当時はフルヤ・カヤオとも）である。連盟は辰之助の死後、旧「土上」一派により牛耳られた。新文芸社からの発行を止め、新俳句人連盟自身の発行となり、編集部は榧夫が経営するヴォルガ書房に置かれていた。編集人も発行人も榧夫である。また連盟の書記長も榧夫が選出された。委員長は栗林一石路であったが、そもそも辰之助の急死による再登板のようなもので、編集部は榧夫を編集長として芝子丁種、潮田春苑、大輪昌の四名、委員はこれまた榧夫に丁種、そして島田洋一と一石路、橋本夢道の五名となった。一石路と夢道の自由律組を除けば旧「土上」メンバーを中心とした「左翼小児病」一派に占められ、さかえの原稿など掲載されるわけがなかった。掲載拒否の言い訳は「小田切秀雄にまとめを書いてもらうので要らない」とのことだったが、さかえが小田切に手紙で尋ねると「原稿は頼まれたがその主旨で書くことは聞いたことがないし、書く気もない」と返事があった。赤城さかえはこの件を『戦後俳句論争史』において「発表妨害」と断じている。

そこに志摩芳次郎が救いの手を差し伸べる。芳次郎は石田波郷の「鶴」創刊同人で現代俳句協会の発足メンバー、自らも「和賀江」という結社を主宰した。編集者として波郷と「現代俳句」を創刊、角川源義の「河」創刊にも携わった。妻の知子さんも俳人なのでお会いした方は多いと思う。その芳次郎から「現代俳句」に掲載しないかと打診があり、昭和二十四年「現代俳句」六・七月号に「草田男の犬　第三論」は掲載された。「現代俳句」では丁種が先に言及したように、すでに高屋窓秋の「作家の眼」で赤城さかえを支持する原稿を掲載していた。

窓秋「赤城氏によれば、この「犬」は哲學者としての登場である。つまり、雪の日の壯行の狀景裡に、人間どものうわずつた行爲に對立させて「犬」をつかんだところの、批評精神を指摘しているのであるが、それだけではこの句の世界を納得しない人もあるので、すこしばかり蛇足を加えておくことにする。この句は誰でもが見るとおり寫生的手法による句である。しかしこの句を單なる寫生句として見る場合でも、犬を愛し、犬の性情を知るものでないと、この句をよく味わえないであろうと思われる。人間に飼われた犬は、その精神のよりどころを主人においている。よく「犬のように從順な」といわれるが、主人の一喜一憂は、常に犬の一喜一憂なのである。犬はいつも主人の顏色を伺ひ、その氣持を讀みとろうとしている。この句の犬もその主人の身の上の不安を氣づかつている。言葉の通じないそして考えることの出來ないだけに、すべてを本能的に感じとり主人の氣持も直接傳わるのである。平常ならば雪の上に腰を下ろしているのは、直接主人の心を反映しているのである。この主人公の性質もわかるようだ。そしてそれをとりまく人々と犬との對比これらの關係は、この句の「犬のみ」によつて現わされている。以上は表面的な解釋である。そして赤城氏による「哲學者」犬の指摘は、作品形成の秘密に屬することだ。」

この視点は意外だった。筆者は犬が「飼い犬」とは思わなかったからだ。まして「飼い主」と一緒にいるという視点も無かった。犬は孤独な野良犬＝蚊帳の外の存在として考えていた。窓秋の視線はどこかあたたかく、作句同様ヒューーマニズムにあふれている。

「草田男の犬　第三論」はまず「若干の自己批判」という見出しから始まっている。（この節は誰もに読み易くしたいため、『赤城さかえ全集』より引かせていただき新字新仮名とする）

――現在芝子丁種氏と私との間に行われている論争は、もはや誰もが苦笑しているように泥仕合の様相を呈してしまっている。論争が泥仕合化したということは、論争が当面の文学的課題から逸脱して本来の公的性格を失ったことであり、このような傾向に対しては何よりも論争当事者が反省して、論争の社会的、公共的性格の復活に努力するほかないと思う。

（中略）

なるほど私は芝子氏の主張や論旨に対し腹の底から「民主主義文学の敵」を感じた。「敵」と共に或る「度し難さ」を感じた。私は自分のこのような感じを「公憤」だと思った。文学を志す以上こういうものとたたかうのは一つの務めだと感じた。この意識が私の文章を闘志満々なものとし、私の文章に皮肉や揶揄を用いさせている。その位のことは当然だという意識が私にあったのである。

しかし、これは明かにまちがっていた。公憤を以て論争することは無論私憤を以てするよりはよいに決まっているが、それだけの意識があるならば、その公憤を論評により冷静なより客観的な押し進めに働かせるべきであった。

さかえの育ちの良さはこんなところにも現れている。それでも「私が皮肉や揶揄を用いてはげしく芝子氏を論難したことと私の評論が客観性を欠いた感情論であったかどうかと言う問題は別だ」としっかり付け加えているが。また丁種が島田洋一の論を突然持ち出したことも「私にとって不快でもあり、不可解でもあるのは、何故氏みずからの責任によって私を反駁しないのかという点である」ときっちり非難している。さかえはまず確信的な一点に絞り、「私が一年半前から芝子氏に求めているのは、氏自身は「壮行や」の句を如何に鑑賞しているかということであり、それについての氏の男らしい答えなのである」と突きつけている。確かにずっと両氏の論文を紹介して来たが、丁種はただ草田男が戦犯だの、戦争讃美だのと喚くばかりで、反撃のための屁理屈に終始している。また丁種が音感節を持ち出して非難したことについてさかえは「音感節＝勘＝神秘主義」という独善論と「神秘主義打倒」の幻想から「芸術の神秘的尊厳擁護＝作品分析による作品の神秘性冒涜の排撃」という俗論的見解による「左翼の合理主義打倒」を錯覚しているだけと断じている。「唯物論者と自らを任じている筈の芝子氏」、「「中世的批評精神」こんな言葉は言葉として成立し得ない。批判精神は近代の精神である」と皮肉や論いも忘れず足している。さかえのこの辺りの筆致は作家としての面白さにつながっていると思う。四角四面では読まれないことをさかえは知っている。

またさかえは「左翼鑑賞主義の害毒」として「私たちは、この句一つさえ未だに処理出来ないような状態に吾々を置いているものは何かを追及しなければならぬ」と提言し、それは「左翼鑑賞主義」であるとしている。その陥りやすい傾向をさかえは六つ挙げているが、これは非常に素晴らしい、誰にも読んでいただきたい、現代にも通じる鑑賞のアドバイスである。

（一）作品を自己の好みや感じだけで解釈し評価する安易な傾向が無かったか？

（二）作品を作家に対する好悪感や先入主や俗論的区分で初めから割切ってしまう傾向が無かったか？

（三）作品を「彼は戦犯（或は反動）である、かかる作家の作品をわれわれが推賞できない」というような極左セクト主義で葬る傾向が有りはしなかったか？

（四）作品を作品の創り出された当時の歴史的・社会的条件のもとに鑑賞し、批判することをせず、現在的段階や社会主義段階の要求から非弁証法的に裁断しようとしていなかったか。

（五）作品（この場合保守的な）を推賞することは民主革命の途上でよくない。というような安価で悪質な政治主義がはびこっていなかったか。

（六）以上のような傾向が絡み合って、作品に対する素直な態度を歪め、落ちついた分析的批判をなおざりにする傾向を強めて居なかったか。

＊文中の「芝子氏」などの名指し箇所は割愛した。

多くの主宰や選者、もちろん一般選や相互選の俳句愛好家も含めて自戒すべきであり、俳壇全体に通じる指摘である。

「批評に於ける虚妄と真実　「草田男の犬」第四論」

この「草田男の犬　第三論」から矢継ぎ早に「批評に於ける虚妄と真実　「草田男の犬」第四論」が発表される。今度の発表先はさかえの所属する結社、「寒雷」昭和二十四年七月号であった。もちろん先に述べた通り、「草田男の犬　第三論」がさかえの言うところの「新俳句人連盟からの発表妨害」にあっていたために発表時期が近くなっただけで、その発表されない間に本稿を書き上げたという事情である。この間、さかえの肺結核の病状は再び悪化の一途を辿り、ついに清瀬の国立療養所に入院することとなった。本稿は当初の座談会企画を寒雷の仲間たちが「婆婆に言いのこすことが何や彼とあろう」とさかえにページを割いたことにより実現した。さかえはすでにペンを取って机に向かうこともままならなくなっていたので、寒雷の仲間が長椅子に横たえるさかえのそばで口述筆記した。やはり持つべきものは結社の友である。

――例の「草田男の犬」の論争が継続中のこととて、色々と書いておきたい事もあるのではないかという配慮から、三四人訪ねて来て下さった訳です。ところが、「草田男の犬」の問題は論争という形式をとっているので、始めの予定の座談会の形では無用な結社的対立を醸し出す危険があるというので急に私一人で独演会をやることになってしまいました。この問題は芝子丁種氏との論争だけでなく、色々な反響を呼び起こしているので、単に芝子氏との間の問題だけに限定したくないと思います。

さかえの序言である。いわば本稿は「草田男の犬」のさかえ的なまとめであり、総論と言ってよい。さかえは自身の命の危険を感じ取っていたのだろう。当時の結核は死に至る病であり、多くの俳人も命を落としていた。さかえは「草田男の犬」の総括だけはしておきたかったのだろう。

――「草田男の犬」という文章を書いて、それに対する色々な反響を通じて、つくづく考えさせられたことは、俳句をつくる人々が、作品や随筆などに対して、あまりにも文学的な理解の目を働かせていないことです。

この稿はこれまで通り挑戦的な部分はあるものの、どこか遺言めいてもいる。また丁種ら、というより俳壇全体への語りかけと、さかえ自身の率直な意見表明となっている。

――私の文章を注意深く読めば、私が「壮行や」の句に対して、例えば東京駅前のような一定の都市の一定の場所を描いて鑑賞すべきだと主張していないことはすぐ分る筈です。私の評論はそういう点で常に批評の限界性を守っているつもりです。「壮行や」の句の鑑賞において、人により、その作品を比較的明るく感じる人と、比較的暗く感じる人との鑑賞差は当然あってよいわけです。併し、その場合絶対に没却してはならないことは、この作品が批判的な精神に支えられている一点にあると思います。だから荘重な句であるとかないとかいうことは凡そ議論の外のことで、そういう鑑賞上末梢的な個人差に無理に押し入って、自分の鑑賞だけが絶対唯一のイメージだと主張するのはおかしいと思います。

さかえの評論姿勢が語られていて興味深い一節である。さかえは先の高屋窓秋の「草田男の犬」に関する援護射撃を「誠に有難い」と前置きした上で、「そのまま戴いてしまうわけにいかぬ」と書き、

――これはあくまで氏（窓秋）の「鑑賞の翼」（パトスの翼）が描き出した氏自身の鑑賞世界で、その点厳密に言えば普遍妥当性はないわけです。（中略）大体、窓秋氏にしても、草田男氏にしても、その他多くの俳壇人にしても、現代の俳句が子規の革新を出発点としているために、写生という言葉のもつ限界性を一方では認めながら、一方では無批判に、だらしなく使っている傾向があります。そのために、写生主義から漸次色々な経路を通って、リアリズムに達した作品や、達しつつある作品の姿をも、写生という言葉で包んでしまう非論理に陥っている例が多いと思います。芝子氏などの表面的な理解による「喰らい下り」を受けたのもその為と

思います。

と言葉は丁寧ながら容赦がない。さかえは文学的、思想的な下地はあったにせよ、この段階では俳句を始めて数年である。だからこそ俳壇に対する外部から見た疑問点を提示できたともいえるし、当時の俳人が当たり前のように受け入れていた点も問題点として抜き出すことが出来たともいえる。

——文学的理解を深めるためには、作品鑑賞に当ってきびしく鑑賞主義と対立しなければならないことは言うまでもないこととして、更にそれを一歩進めて歴史的・社会的観点からする作品の理解ということを、我々の鑑賞態度の中に正しくうちたてねばならぬことと思います。

これが赤城さかえの言いたいことであろう。さかえは文学的理解に関して「表面的理解」「公式的理解」「非人間的理解」と対立したところに「人間的理解」が生まれるとしている。またこの「人間的理解」は俗にいう文学における「人間主義」ともまた違うとしている。批評精神は近代のヒューマニズムに立脚すべきであるとし、これをさかえは「蒼白な批評性」と呼んでいる。

さかえは本稿で自身の新俳句人連盟への入会についても言及し、

——実は、私は草田男氏が戦犯名簿（筆者註：ＧＨＱのそれではなく先に言及した連盟による俳人の「戦犯名簿」である）に載っているか否かも殆んど注意することなく連盟に加入した。何故かなれば、連盟の規約を読み、その目的や活動が自分の俳句活動と全く抵触しない、進歩的なものだと認めたから連盟に入ったわけで、(中略)連盟が草田男氏を戦犯として摘発したことにこの際批判を加えたくない。(中略)しかしこの問題について、芝子氏の草田男氏に対する批判の仕方は甚だ間違っていると思います。

再度芝子丁種に対する批判を展開する。それは小姑的批判をすることで、当時の警察の処置を肯定してしまうこと、草田男の功績である「俳句に於ける叙情の解放」自体の否定にも繋がるからだとさかえは述べている。そして最後に「リアリズムについて」として、

——現在の私としてはあの「草田男の犬」の文章の中で使ったリアリズムの上に、民主主義的とつけ、ロマンティシズムの上に革命的といふ形容詞をつけて理解して欲しいと思います。

と締めている。

本稿はさかえの病状が思わしくなく、また口述筆記ということもあってこれまでの評論ほどのまとまりはなく、ここで取り上げていない箇所もこれまでと重複する内容の再確認と再批判に終始している。実際、のちにさかえは『戦後俳句論争史』において前述のいきさつに関してしか触れていない。幸いにしてここで死ななかったさかえにとっては、幾分蛇足であったかもしれない。

これで「草田男の犬」論争はさかえによれば「大体終わったとみて差し支えない」ということに

なる。あっけない幕切れだが、この直後、論争当事者の芝子丁種、古家榧夫、島田洋一ら旧「土上」メンバーが新俳句人連盟を脱退してしまう。

論争終結

まず島田洋一が昭和二十五年の「俳句人」一月号の制作途中で編集部長を辞めた。当該号の編集後記によれば「島田洋一が編集部を辭し、横山林二また受けざるため、とりあえず途中から古家がかわつて、本號を仕上げることにした」とある。そして次の二月号では「中央常任委員會報告」の中で「編集部長の件」として、

「島田洋一氏辭任後、前回候補にあげた横山林二氏固辭のため東北旅行中の栗林委員長の希望もあり古澤太穂氏を推せん決定」

とある。ようやく太穂の時代が始まることになるわけだが、実はこの「草田男の犬」論争の間に「俳句人」の句も様変わりしている。戦前の戦禍を詠んだ俳句や戦前の大日本帝国への恨み節は減り、企業の職場俳句や労働俳句といった戦後プロレタリア俳句、生活俳句が増えた。すでに多くの俳人は未来を見つめ、大衆としてリアルな生活の中にあった。連盟支部も日立製作所や八幡製鉄、気象台や郵便局といった職場の組合に置かれた。金子兜太が加わったのもこの頃である。また発行所は

椎夫のヴォルガ書房から新日本文学会に移っている。洋一が居場所を失ったことは確かだろう。

古家椎夫も編集発行人並びに書記長を退任した。その翌号となる三、四合併号「書記長辞任の件」には「生活上の理由」と記されている。さらに次の号では「古家・芝子氏退会の件」として、

「今後俳句活動をやめるから自然脱會するということであり、古家氏はそのほかに家庭の生活事情にもよるとのことであつた」

「芝子氏も同様」

とある。さらにその翌号の五月号では、

「古家椎夫、芝子丁種氏が俳句を止めるとの理由で、又島田洋一氏が一身上の都合で脱退したことは眞に残念である」

と記されている。この三人以外の旧「土上」メンバーもほとんどが退会したようだ。三人のその後はそれぞれ先に触れた通りである。

結局のところ、「草田男の犬」論争は論争相手および一派の退会を以て終了した。さかえは病状も回復し、三人の退会報と同じ五月号「俳句人」巻頭に於いて「俳句に於ける近代主義の克服」と

いう評論を意気揚々と発表している。後世の評価も含め、勝負は決したということだろう。

対立命題としてではなく、文学性のみを追求するところに赤城さかえの「草田男の犬」があり、草田男の句に対する評価と敬意が存在する。さかえの社会性俳句に蔓延る左翼小児病患者に対する批判は、さかえが愛する文学の目的外利用として看過できなかったことにある。草田男がホトトギス派だからというだけで句意を捻じ曲げ、自らの思想に当てはめて人間性含め全否定する姿勢に対する義憤であり、文学を守るための戦いであった。かつてフランスでドレフュス一人を守るために国外追放となったエミール・ゾラのような言論を守るための戦いをしてこなかったがために戦前、日本の多くの文学者は自由を奪われ、投獄され、やがて命まで奪われた。政治体制の違いはあるにしろ、誰かが声を上げなければ、ゾラの公開状「私は弾劾する」のように訴えなければまた同じ道を辿る。さかえはそれを知っていた。

さかえは俳人にも知識人であることを求めた。さかえがコミュニストであったことと無関係ではないが、この姿勢は社会性俳句の興隆に大きく寄与することとなった。さかえは対立者との論戦に勝利する以上に。「俳句は文学である」ということを、一連の「草田男の犬」を以て証明したかったのだ。

第三章　人間・赤城さかえ——結核療養、友、妻、句集、評論

清瀬時代　―さかえと波郷―

先に遡ること「寒雷」昭和二十四年七月号「批評に於ける虚妄と真実 「草田男の犬」第四論」の発表を待たずして、さかえは昭和二十四年五月二十七日、国立療養所清瀬病院（のちの国立病院機構東京病院）に結核のため入院することとなった。以前から容態は悪く、昭和二十三年には申し込みを終えていた。さかえは長きに渡る療養所生活に入る。もちろん住所も病院となった。

この療養所生活はさかえの文学活動に大きな影響を与えることとなる。この清瀬で、さかえは石田波郷とまみえた。

短夜やわが咳けば波郷痰を喀き　　赤城さかえ

もちろん、さかえと波郷はそれ以前から旧知の仲である。石田波郷は昭和二十一年に「鶴」を復刊、新俳句人連盟結成に参加するも脱退、昭和二十二年に現代俳句協会を結成したが体調悪化、結核の再発により昭和二十三年に入院していた。俳文学史上に輝く句集『惜命』の生まれた舞台である。さかえは後年、「波郷の黄金時代」と呼んでいる。結核罹患の先輩として、俳句の大先輩（年齢的にはさかえのほうが五歳年上だが）として、さかえは波郷を評価していた。波郷は昭和二十三年に句集『雨覆』を、そして翌年の昭和二十四年に『胸形変』を上梓している。死と隣り合わせの波郷は、俳句をこの世に残す使命を課せられたかのように作品を発表し続けていた。
さかえはそんな波郷のはからいで同室となった。

咳の間の短ヾ夜を移る星座群　赤城さかえ

とはいっても二人の同床生活は数日で終わっている。さかえの病状があまりに悪く、昼夜問わず咳がうるさいということで個室にされてしまった。

さかえはそれでも執筆に励んだが、「俳句人」が発行元の十二月書房の「経営整理」（「俳句人」昭和二十六年二月五日臨時号の記述ママ）により昭和二十五年七月号を以て休刊してしまい、さかえの連載していた「山口誓子論」もたった二回で未完となってしまった。

味爽や咳くを短ヾ夜の名残りとして　赤城さかえ

旧「土上」の一味や左翼小児病は一掃されたが、連盟の財政は悪化していた。その最終号、常任中央委員会報告では一昨年、昨年の脱会者の漏れを四十六名と報告している。漏れというからにはその間の脱会者はもっといたということであろう。「草田男の犬」論争で触れた中台春嶺も島田洋一、古家榧夫、芝子丁種らの後を追うように脱会し、この号で了解の報がなされている。また横山林二の報告として丁種の脱会により湘南支部が解散したと報告されている。支部会員含め三十六名いたが丁種の脱会により二人しか残らなかったこと、会そのものが丁種の個人負担で担われていたことから解散したとしている。支部メンバーの解散理由は「丁種氏に殉ずる」。草田男の犬論争では敵役の丁種だが、慕う者は多かったということか、俳句はつくづく「座の文学」である。あとやはり旧「土上」の結束は固い。榧夫も自身のヴォルガ書房で発行を引き受けた際は自腹を切っていた。彼らもその思想、行動はともあれ俳句に人生を賭けていたことは確かだ。

その後の「俳句人」は商業誌として十二月書房という板橋区にあった出版社が発行し、連盟が編集費をもらうという形をとっていた。十二月書房の担当編集者は橋本郁夫という人で、彼も旧「土上」メンバーで連盟の書記長も務めた。十二月書房は『日本前衛詩集』や『現代勤労者俳句選集』など連盟の協力で発行していたが、売上が伸びず経営は苦しかった。そんな中、詐欺に引っかかってしまい「整理をしなければならぬ羽目」(「俳句人」昭和二十六年二月五日臨時号の記述ママ)になってしまった。「俳句人」は二十四万四千円の累積赤字ということで、大卒銀行員の初任給が三千円の時代と考えれば、商売にはならなかったということだろう。郁夫は書記長を辞任、しばらくして連盟からも脱退した。郁夫曰く、

郁夫「そんなこんなで頭を痛め健康もすぐれない。それから私の俳句に対する考え方だが、才二芸術だとは思わないがこのジャンルだけではとうてい云いたいことを云いおわせることはむずかしく思い、散文えも行きたいと考える。そんなことで俳句との縁もうすくなると思うので辞任したい(要旨)」(「俳句人」昭和二十六年二月五日臨時号十五頁の原文ママ)

とのことで、やはり当時の俳人にとって桑原の第二芸術論の影響は大きく、十二月書房と連盟の

板挟みと金の問題に疲弊したのもあるだろうが、彼も第二芸術に「気づかされた」口だろう。出版界における俳句の商業的地位がこの先、ずっと下り坂になるのは周知の事実である。

ともにたゝかう言葉多かれ万緑裡　赤城さかえ

しかしさかえにとって幸運だったのは、「俳句人」休刊と時を同じくして古沢太穂が「道標」を立ち上げたことである。「道標」は太平洋戦争中の一九四二年、太穂が「寒雷」の仲間や「馬酔木」、「鶴」、「暖流」といった横浜在住の句友と始めた同人誌「藤」が源流である。言論統制と紙不足により十三冊で終巻となるが、その後も回覧雑誌として「椎」を刊行、一九四七年、さかえと創刊した「沙羅」を経て、一九五〇年のレッドパージを契機にそれまでの神奈川県職場俳句協議会の機関誌「俳句サークル」のメンバーらと立ち上げた。二〇一七年に終刊したが、かつてはプロレタリア俳句、社会性俳句を代表する俳誌だった。

さかえの主な発表先は所属結社の「寒雷」だったが、その「道標」も加わったことで、ますます筆を走らせることになる。また「草田男の犬」論争のおかげでさかえの俳壇での認知度も上がり、「俳句研究」「俳句」といった商業誌の依頼も来るようになった。もちろんこれだけでは食べていけず、療養生活も困窮を極めたため、連盟は休刊前からさかえのためにカンパを募っている。

赤城さかえ氏カンパの件

連盟中央委員赤城さかえ氏は長らく肺を患い、清瀬の東京療養所に入院療養中でありますが、四月の常任中央委員会にて、同氏の療養費の一部にあてるためカンパ運動を起すことにしました。有志の方は左記要領にてこの運動に積極的に協力されんことをお願い致します。

記

一、金額　　別に制限を設けません
二、送金先　東京都板橋区常盤台三ノ一六
　　　　　　十二月書店内　赤城氏カンパ係

生活費のみならず、清瀬での生活は肺結核による左胸部成形手術、右胸部成形手術、そして泌尿器結核による副こう丸手術（この手術のみ戸山の東京第一病院。かつての第一陸軍病院、のちの国立国際医療研究センター）と過酷を極め、これは退所する昭和三十年まで続く。

さかえの妹で千葉大学名誉教授荻原浅男の妻、ちとせは「兄の思い出」でこう邂逅している。

ちとせ「あの頃はまだ手術の草分け時代であった。かなりの大手術で、死線を越えたような経験であったと思うが、私達兄弟全部にある辛抱強さで、よく堪えたと思う」

だが姉で作詞家の近藤宮子（『チューリップ』『こいのぼり』などで知られる）は、「弟のこと」という追想記の中で、

宮子「次第に接触も薄れまして、其の後結婚して家を出ましたので、思い出はここまで（さかえの共産党入党以前のこと）となりました」

と記している。お互いさかえに対する感情はさまざまだったようだ。

またその間、子どもたちの、とくにさかえの身を案じていたであろう父、藤村作が死んだ。昭和二十八年十二月一日のことである。さかえは句集を出す準備をしていた。

表題は『浅蜊の唄』。

句集『浅蜊の唄』出版

『浅蜊の唄』は昭和二十九年に書肆ユリイカより発売された。書肆ユリイカは伊達得夫によって設立され、後に青土社が同名雑誌「ユリイカ」として引き継ぐ。加藤楸邨からは清瀬入院の昭和二十六年ごろから句集を出さないかと勧められていたが、これはさかえの重篤と無関係ではないだろう。死ぬ前にせめて句集くらいは、の師としての親心であろう。

秋風やかかと大きく戦後の主婦

赤城さかえの代表句である。『浅蜊の唄』の第二章「区民のうた」に収録されている。星野立子の「玉藻」における研究座談会でも高濱虚子がこの句について触れている。もっとも虚子は「かかと」がわからなかったらしく立子に聞いている。踵のことだと言う立子に、虚子は「かがと」ではないか、「かかと」だから何かの副詞かと思ったと言っている。また同じくさかえの句、

人を責めて来し冬帽を卓におく

について、「この句はわかりますね。うまいぢやないですか」「従来の俳句としても認め得る。描写が具体的だ」と概ね好意的である。虚子は社会性俳句に関して「思想は別ですよ」と断りを入れながらも「自然の思想の盛られているのはいゝでせう」と認めている。古沢太穂の句に関しても同様の論調で、さかえもこの件に関しては、

「ほほう、虚子って案外話せるんだなあ!」

と「俳人の封建制」(「俳句」一九五八年三月号)で言及している。少し嬉しそうなところがかわい

い。また「世間で反動の現兇とされている高浜虚子が一番自由人として振る舞っている」と評価している。この赤城さかえについて虚子らが語った研究座談会については後々触れようと思う。

ところでなぜ俳句なのに版元が書肆ユリイカなのか。どうやらさかえは当初、句集ではなく詩と句を収録した本を考えていたらしい。しかしページ数の問題で詩はたち消えとなり句集となった。さかえはやはり俳句のみならず「文学」としての短詩に拘ったということか。

句集そのものの企画は父、藤村作の誕生日に贈ろうという家族の考えもあったようだ。

さかえ「私は父の八十の祝いにさえ何一つ贈れぬ無能力者であったことだ。いろいろ思いめぐらした挙句、しかたなしに落ち付いたのが、句集を贈るということだったのである」

だが残念ながら作は句集を見ることなく亡くなってしまう。句集のあとがきには、「この書を誰よりも今は未亡人となった母に捧げることをおゆるし願いたい」と記されている。この句集はさかえにとって、生命、家族、経済、いろいろな面でギリギリの状態で出版したものであった。出版の時点でも住所は清瀬の東京療養所である。また三年を要したことはそれだけではなく、

さかえ「内心は一向出す気になれなかったのである。何か私は、私の俳句の歩みが結核患者としての生活の中だけのものだということに自己嫌悪に似たものを抱いてきた」

という境涯俳句というだけのいわば「かわいそうな病人の私」としてのみ興味を持たれることを嫌っていた。波郷の境涯俳句と比べる部分もあったろうか。さかえは波郷の文学性を「惜命思想」として絶賛しているが、自身の境涯句は嫌悪していたということだろう。

句集は目次によると第一章「うみべのうた」（一九四一年一二月～一九四五年一〇月）、第二章「区民のうた」（一九四五年一一月～一九四八年五月）、第三章「浅蜊のうた」（一九四八年六月～一九五三年一二月）の三章構成で戦前戦後、約十二年間の句を収録している。あとがきは先に言及したさかえの生い立ちとコミュニストとしての歩みが綴られている。

しかし出版当時、さかえの句集について言及している記事は少ない。「寒雷」では昭和二十九年十一月号で青池秀二が「二つの句集「百戸の谿」「浅蜊の唄」」として飯田龍太の句集とともに紹介、同誌昭和三十年三月号で鯨井喬が「思想と生活と俳句（浅蜊の唄読後）」とする書評随筆を、「俳句研究」昭和二十九年十一月号では古沢太穂が書評を書いている。「俳句人」は昭和二十九年十一月号で編集部筆の句集紹介として三分の二ほどの囲みで扱っている。正直、それほど話題にはならなかったようだ。「俳句人」にしても『浅蜊の唄』の広告を載せているが、なにしろ自由律のスター、橋本夢道の『無礼なる妻』（未來社）と同時期ということもあって扱いは小さい。『無礼なる妻』は現在でも夢道の代表的な句集として知られるが、目次ぶち抜きの全段広告に巻頭特集である。人気の夢道に比べれば、やはり当時のさかえは俳人というより論の人だったのだろう。それにしても句集、それも自由律の売れた時代があったのだ。

「俳句人」の『浅蜊の唄』書評にはこう記されている（全文引用、すべて原文ママ）。

＝句集紹介＝「浅蜊の唄」　赤城さかえ

長い療養生活とその中での困難な党活動が生んだ珠玉の句集。因みに、寒雷に拠っている同志古沢太穂氏は「寒雷の社会派という言葉も昨今ではやゝ聞き古りたものになつたが、げんみつにいつて当初からそれに該当する作家は金子兜太、赤城さかえ、それに生産の現場と取っくんで句をなしつづけている和知㐂八（筆者註：和知喜八のこと、楸邨門下で職場俳句を詠み、のち「響焰」主宰）くらいのものであろう。赤城君と僕とは戦後ほとんど一つのコースをたどつて俳句の仕事をしてきた。沙羅、短詩文学、道標という同人雑誌での勉強を縦に、新俳句人連盟、新日本文学会という民主的文学団体での活動を横にして協力してきたわけだが、その間、僕はこの友の強じんな意志意力をたえず無言の鞭としてきた。しかも彼のよろしさは、そうした意志的な人間、論理的な人間が、あたたかく、ユーモアをさえもつた挙措言動につゝまれて、そくそくと身にしみてくることだ。――中略――戦後の困難な市民生活のなかで、しかも病躯をもつて共同の生活を守り、民主化をすゝめるために彼がこのように実践を重ねてきたか、又再入院後のいくたびか死に瀕しながら必死に耐えぬき、しかも常に患者活動の大きな中心としていかに斗いの旗をかゝげつゞけてきたかゞ、ここにおさめられた作品からいきいきと感じとられる（俳句研究　十一月号）」といっている。

×

桐の花闇夜となりても友貧し
蜩やかかと大きく戦後の主婦
咽ぶごと雑木萌えをり孑毛二忌以後

＊「闇屋」の誤り。

書肆ユリイカ刊行　価三〇〇円

×

何のことはない、「といっている」というわけで先の「俳句研究」の太穂の書評の引用である。ちょっとひどいと思う。誰か改めて書いてあげてよ、という話だし句も誤植。それでも当時の俳壇での評価や話題性はともかく、『浅蜊の唄』はさかえにとっての一区切りとなった。

さかえ「今後も心に銘じて歩んでゆこうと思っている」

あまり自分のことで前向きなことを書かない、常に死と隣り合わせのさかえが、「今後も」「歩んでゆこう」である。さかえにとって『浅蜊の唄』という句集は他人どうこうではない、自分自身の生きる自信に繋がった、これだけでも意味のあることだった。

句集『浅蜊の唄』の上梓とサナトリウムでの闘病生活、その病身を詠んだ昭和三十年の「俳句」

四月号「なお癒えず」十五句や「俳句研究」八月号の「越冬の譜」十五句により、それまで論の人と目されていたさかえは俳句も注目され始めた。同年「俳句人」十一月号からは編集長に就任。またさかえが句集を上梓したこの年は栗林一石路が『一石路句集』、橋本夢道が『無礼なる妻』、古沢太穂が『太穂句集』、原子公平が『浚渫船』をそれぞれ上梓したため、一石路の還暦祝いもひっくるめて十月二十二日に新橋の国鉄労働会館（交通ビル）で合同出版記念会を開いている。健康のほうも前年末に泌尿器結核を再発、年明け一月十七日は副睾丸手術を受けたものの手術は成功し、ようやく世田谷区烏山の自宅に戻ることが出来た。さかえ四十七歳のことである。

翌年の昭和三十一年、さかえは妻、松永妙と協議離婚している。さかえが妙に触れている文はほとんどない。先に戦前のさかえの共産党時代の経緯について触れたが、さかえは戦後間もなくから妙と離婚したがっており、昭和二十七年二月七日付の清瀬のサナトリウムから出した古沢太穂への手紙の中にも、「妻との離婚も今年中に片づけねばなりません（飛鳥田氏は全然返事をくれませんので、私一人で処理するほかないのです）」とぼやいている。飛鳥田氏とは弁護士でのちの横浜市長、日本社会党委員長となる飛鳥田一雄のことである。これには後に再婚する山崎聡子の存在も絡んでくるのだが、それは少し先の話である。

昭和三十二年、さかえはホトトギス派の俳誌「玉藻」の人気企画「研究座談会」に取り上げられる。それも二回。一回目は玉藻昭和三十二年三月号、二回目は同年八月号で取り上げられている。先にも紹介したが改めて触れる。

「研究座談会」は高濱虚子と虚子の次女「玉藻」主宰の星野立子を中心に、清崎敏郎、深見けん二らが俳壇のあらゆる俳人を評するという連載で、この前年には古沢太穂も取り上げられている。ホトトギス派のみならず反目した一派、結社はもとより前衛俳句、社会性俳句まで、基本的に虚子が感想や意見を述べるという体で進行するが、これが今読んでもとても面白い。伝統俳句であれ現代俳句であれ、虚子という人の見方が変わること間違いなしである。虚子は根っからの文学青年であり、小説家を目指していただけに、文学そのものに対する趣向の幅は広い。

この座談会は当時の俳壇でも注目され、戦後間もなくは戦犯だ大悪人だと罵った「俳句人」も昭和三十年十一月号（この号からようやく活版印刷に戻る）の「駝鳥狩」という巻頭コラムで、

鏡太郎「何の気なしに、ひょいと「玉藻」を手にとると、毎号連載されている虚子、立子を囲む（上野）泰・敏郎・けん二・（藤松）遊子による研究座談会というのが目についた。八月号では、加藤楸邨の作品をとりあげ、九月号では、石田波郷の句をあげつらい、それぞれ軽く引導をわたしているが、おつぎは草田男の番である。まづ、虚子先生の現代俳句のエリットにたいする俳句観の一端がうかがえるところがミソである」

と言及している。筆者は（鏡）とある。これは当時、新俳句人連盟の中央常任委員だった高橋鏡太郎である。とにかく「変人」として後世知られる俳人であり、俳句の世界に限らず当時の文壇に知られた「無頼派」の作家（創作は俳句にとどまらない）であり、この七年後の昭和三十七年、酔っぱらって崖から落ちて死んでしまう。働かないし大酒呑みだし放浪癖はあるし女癖は悪いしでろく

な人ではないが、そんなところも含めて当時の人気者であった。いまでは作品そのものは忘れ去られかけているが、その生き方に根強いファンは多い。

鏡太郎「あくまでも言葉の折目正しいきびしさを尊ぶ、つまりは表現の完璧さを求めるこころにほかならない。現代俳句の往々にして陥りがちな畸型なスタイル、たとえば「墓の雪装刻々と」などとやつて悦に入つている向きにたいして〈筆者註：この句は文中言及は無いが秋元不死男の句〈降り出すや墓の雪装刻々と〉のこと〉ブレーキの役割を果すにちがいない。考へはいいとしても、表現に無理が伴うからには。ホトトギスに学ぶべき点は、案外こんなところにあるのかもしれない。もつとも尊ぶべきは表現のナイヴテ〈フランス語で「素朴さ」。鏡太郎はアテネ・フランセ出身〉。玄人ズレのした俳人の一番警戒すべきこんな点をかえりみるのも、「俳句入門」のイロハである芭蕉のいわゆる初心に帰れという教えにも通じる大切なポイントであろうではないか。〈鏡〉」

鏡太郎の人生のバランス感覚はおかしいが、文学的なバランス感覚は素晴らしいと思う。そもそも社会性俳句は俳句だけ見れば写生や季題といったホトトギス派との親和性が高く、現実を写生し、そこに文学的な美を見出し、時代とともに、季とともに詠うものである。あくまで俳句たり得る必然性と文学性、叙情性が大切なのだ。俳句たり得る必然性を要しないなら、虚子が同企画で言及しているように「もつとづば抜けた新しいことをしたい人は、俳句から、どんどん出ていつたらいいのですよ」である。俳句の中で新しいことを、出来るだけするのが、俳人である。

それにしてもこのコラム、呼び捨てではなく「虚子先生」とは、連盟も昭和三十年ともなると「草田男の犬」論争で左翼小児病患者が一掃された後とはいえ、変われば変わるものである。

そんな背景を踏まえて座談会における赤城さかえ評を見てみると、まず虚子は〈秋風やかかと大きく戦後の主婦〉について「どういふ事です」「何かの副詞（「かかと」と開いているので）かと思った」とよくわからない体であるが、〈人を責めて来し冬帽を卓におく〉に関しては「うまいぢやないですか」「思想を持つた句と考へれば考へられるが、従来の俳句としても認め得る」「描写が具体的だ」と褒めている。〈亡父恋えば鏡のごとき良夜の地〉に関しては「良夜の地が、一寸どうかと思ふね」と苦言し、〈咽ぶごと雑木萌えをり多喜二忌以後〉については「自然の思想の盛られているのはいゝでせう」「自然に思想が暗示されているといふやうなのはいゝ」とこれも褒めている。

虚子はさかえの句に好意的だ。太穂についてもそうである。実際、鏡太郎が書くように虚子がこっぴどく説教している俳人や句に比べれば、この二人には理解を示しているほうである。虚子はとくに無季、非定型などの前衛俳句に批判的で、例えば高柳重信については「これを俳句といふことは、どうかと思ふ」「この人は勝手に作つてゐればいいんだ」「陳腐」と実に辛辣である。

「四季と共にあるうちに政治あり社会あり人間あるのは結構だ」、「知らず知らずのうちに社会意識がでてくるといふ句で結構では無いのか」、「要するに各々社会の一員ですからね。社会性とか人間性とかといふものは自然に現れる」、虚子の社会性俳句に対する考え方はまったくもって正しい。古沢太穂に関しては「この人の句は、写生ですね。その点で感じがいゝですね」と好意的に言及している。「思想は別ですよ」と断っているが着眼点は確かだ。さすが名編集者としての一面も持つ虚子である。

あくまで「文学」としての俳句に拘る姿勢を崩さなかったさかえにとっても、「大虚子」のこの評価は面目躍如であったに違いない。

さかえと民主運動、そして再婚

赤城さかえが日本共産党員であったことは周知の事実である。戦前の東大細胞から熱海事件、そして知多半島への逃亡と各地でのオルグについては前述した通りである。逮捕後、特高により転向を迫られ、その恐怖と父である東大教授、藤村作の取りなしを前に転向者となったさかえは戦後の一九四七年十二月、日本共産党に復党している。

「ナチスが共産主義者を襲ったとき、自分はやや不安になった。けれども結局自分は共産主義者でなかったので何もしなかった。それからナチは社会主義者を攻撃した。自分の不安はやや増大した。けれども依然として自分は社会主義者ではなかった。そこでやはり何もしなかった。それから学校が、新聞が、ユダヤ人が、というふうに次々と攻撃の手が加わり、そのたびに自分の不安は増したが、なおも何事も行わなかった。さてそれからナチは教会を攻撃した。そうして自分はまさに教会の人間であった。そこで自分は何事かをした。しかしそのときにはすで

に手遅れであった。」（丸山眞男『【新装版】現代政治の思想と行動』・P475―476）

この有名な一節、ドイツの神学者で反ナチス運動家だったマルティン・ニーメラーの告白「彼らが最初共産主義者を攻撃したとき」そのままに、さかえも攻撃された。さかえだけではない、その後の日本を襲った地獄を見れば、国民すべてがニーメラーの言うとおりになった。声を上げてもどうにもならない社会が出来上がっていた。そのきっかけはいつだっただろう、大逆事件か、大杉事件か、治安維持法成立か、三・一五事件や四・一六事件だったかもしれない、小林多喜二の拷問死だったか――いや、そのすべてがここに至る端緒だった。すべて無関心が悲劇を呼んだのだ。ミルトン・マイヤーの著書『彼らは自由だと思っていた』の、いつの間にかナチスの支配に自由を奪われたドイツの庶民（リトル・マン）たちと同じ立場になってしまった。そして赤城さかえ――藤村昌青年も、不幸にも祭り上げられたそのひとりとなってしまった。

戦後のさかえの民主的活動は「千歳文化会」の立ち上げから始まる。先にも触れたが父親の藤村作を会長に、烏山下田病院（世田谷北部病院）院長の助力を得ての活動だった。戦後平和運動のために「ちとせ文化しんぶん」「千歳文化」「こどもしんぶん」を相次いで発行、当時社会問題となっていた電力危機（復興需要により電力供給が追いつかず50％の電力制限による計画停電が行われた）では電力協議会を組織して町民大会の議長も務めている。復党後は一九五四年、清瀬の結核病棟で結核患者に対する医療制限に抗議するため都庁前で座り込みを行ったが、これ以降は病気の悪化や俳壇での執筆活動による多忙から直接的な活動は難しくなった。一九六一年には「赤旗」の俳句選者となり、その他「国鉄文化」「人生手帖」「全逓新聞」「療養新聞」の選者も務めている。これらはさかえの定期収入となり、また党員獲得のきっかけともなった。実際、望月たけし氏は「人生手帖」に投句したのをきっかけに赤城さかえと会っている。たけし氏の働いていた真鶴町の石切場にさかえがやってきたというのだから見どころのある若者に対する姿勢は本気である。また、労働者の現状と問題点についてたびたび指摘する小論と分析も「新日本文学」などに発表している。以降もさかえは病に苦しみながら、短い生涯ながら民主的活動を展開した。行動する文学もまた、さかえの社会性俳句、俳論の文学性を磨き上げたが、それは肉体的制約からの発露でもあった。

私生活では昭和三十三年四月五日、横浜市総務局（当時）職員の山崎聰子《とし こ》と再婚する。戦前の東大細胞時代からの付き合いだった前妻、松永妙との協議離婚から二年後のことである。離婚協議は難航し、旧知の弁護士で衆議院議員の飛鳥田一雄（のちの横浜市長、日本社会党委員長）に依頼はしたものの、飛鳥田は忙しくなかなか進展はしなかった。それでも昭和三十一年に離婚は成立、翌年にさかえは聰子を家族に紹介している。

――先日はごくろう様でした。さぞ気苦労だったことと思いますが、それもむしろ訪ねて来るまでで、会ってからは案外気のおけない連中達で安心したのではないかと思います。
地味な、おとなしい性格の人らしいという印象だったらしく、写真での「しっかりした感じ」という印象によいプラスをされたようです。

母は昨日貴女からの手紙を読んで、やさしい気持を書く人だ、とだいぶ好印象だった様子、

まずまず御安心あれ

これは昭和三十二年九月五日付のさかえから聰子への手紙である。さかえは古沢太穂らの紹介で聰子と知り合った。当時を知る関係者によれば、さかえの病状ならびに経済状態は悪く、安定した職を持った女性とくっつけようという魂胆もあった。聰子ものちに冗談で「有名な東大の先生の息子さんで著名な俳人と聞いていたから、さぞかしお金があると思っていたら全然無かった」とこぼしている。それでもとくにさかえのほうが聰子に執心となり、たくさんの手紙を出している。

——横浜をお訪ねするのは、二三日以後がよいでしょう。二六日がふさがっていますし、二七日も少し都合があるので、二五日頃にしようと思っています。そうお伝えおき下さい。
このところ秋晴れがつづき快適この上なし、どこかの寂しがり屋さんもどうやら元気をとりもどしている頃と思います。

昭和三十二年九月十九日

——シャツはたいへん似合うようです。どうも荒夷のぼくには少々立派すぎて胸のイニシャル等些か面はゆい気持が先立ちましたが、着て見たら案外何でもないので大いに満足しました。大いにありがとう、はるかに握手を送ります。（尤も握手だけでは足りないかな?!）当日は恰度、南林間から姉が来ていましたので、よい機会と思い貴女の写真を見せ貴女とのいきさつをかなり詳しく話しました。母も座に居り（母にはその数日前にはじめて改まった形で話しました）交々意見がのべられ、姉はかなり積極的に賛成してくれました。姉妹の中では、やはり年齢の上からも姉が一番抵抗の多い人と予想していましたが、竟外なほど積極的でした。（隣に住む末妹ははじめから賛成していますし、他の妹は反対などの意見を持つ筈のない人ですが、未だ話していません、弟の堯にも具体的な交際をはじめた事はしらせてありません）母はその数日前に大体の賛意を表して居たので、まあ貴女のことで周囲への工作はすでに峠を越しつつあると見てよいでしょう。（弟など私の選んだ女性に意義をさしはさむようなこと全く考えられない人間です）あとは形の上で順序よく運んでゆけばよいのだと思います。プレゼントがついたのがそうした話しの一段落ついた時でしたから、たいへんタイムリーな効果を挙げ、ずいぶん印象をよくしたようでした。今後は直接の接触の機会を作るようにして、私も貴女の方の御近親に接し、貴女も烏山に訪ねておいでなさるとよいと思います。

昭和三十三年七月二十三日

さかえは猫好きだったため猫の話、あと先妻との娘、耀子の話、そして病気の話が多い。先妻の妙と違い、聰子との俳句も多く残している。

山崎聰子と婚約成る　一句

祝われ居り声《ね》をひかり積む草ひばり

四月五日結婚　二句

海・山羊・桜・雲よりよべの祝婚歌
げんげ田に新妻おけば夕日匂う

妻居る日の嫩芽《どんが》がこぼす房の花
灯るごとき無花果若葉に妻濯ぐ
妻若し南風波はしる青田に来て

枯木の確かさ影の確かさ妻得し年
勤め妻冬病み勝ちのふとり肉《じし》よ
妻留守の考えごとへ船の汽笛

病気まみれの人生だったさかえに、ようやく訪れた私生活の幸福である。この中には自解した句もある。

祝われ居り声をひかり積む草ひばり

この日、母、姉妹などに聰子を紹介、祝宴となる。窓の外に草ひばりがぴりぴりぴりと声をふるわせてやまなかった。

妻居る日の嫩芽がこぼす房の花

翌三十三年四月五日結婚。妻は東京の家から横浜に転勤。あわただしい毎日だが、日曜ともなると、この離れ座敷の前の柏の梢も見上げたくなる留守居亭主だ。

結婚式の媒酌人は師である加藤楸邨夫妻が務め、副晩酌人に橋本夢道夫妻が就いた。司会は石原八束。この翌年には住み慣れた烏山を離れ、聰子の職場である横浜市の小港団地に引っ越した。

私事充実したさかえは俳論に邁進する。この年、さかえにとって大きな仕事が始まる。水原秋櫻子の「馬酔木」依頼による「戦後俳句論争史」の連載である。

主著『戦後俳句論争史』

「戦後俳句論争史」は赤城さかえの集大成となった連載および書籍であり、連載そのものは「馬酔木」昭和三十二年十一月号から三十四年八月号までの二十四回、三年におよぶ長期連載となった（一回だけ三十三年八月号のみ休載）。そしてさかえの死の翌年、一九六八年に草皆白影子《くさかいはくえいし》の提案で古沢太穂が手掛け、俳句研究社から連載をまとめたのが書籍版である。つまりさかえは生前、句集『浅蜊の唄』を除けば著作家としての単著は無かったということになる。

さかえにとって死後出版の恩人とも言える草皆白影子は本名を草皆太平、大正十四年九月九日北海道生まれのリアリズム俳人。ソ連軍と交戦し樺太のラーゲリに収容、抑留俳句でも知られる。戦後は放射線技師として従事しながら「ガンマー」という結社を立ち上げたが、昭和四十六年十一月四日、白血病により四十八歳という若さで亡くなっている。庄子真青海《しょうじまさみ》（この人も抑留俳人で白影子の戦友）によれば赤城さかえの熱心な信奉者で、〈さかえの死後雪降る夜は人をうとみ〉の献句を詠んでいる。

当時この『戦後俳句論争史』はよく売れた。真っ黒なカバーに黄色の題字は馴染み深い装丁だろう。またそれ以前の連載中から話題になった。連載先が水原秋櫻子の「馬酔木」というメジャー俳誌というのも注目を集めた理由かもしれない。

さかえ「自由に書けという貴編集部からの御注文は、近頃物を書くことがひどく厭わしくなった私の心境に、再び活気をよみがえらせて呉れると思います。正直のところ、幾年ぶりかで、心躍る課題にめぐり合ったという感じです」

さかえも「序に代えて」でその喜びを表している。当時の「馬酔木」と言えば「ホトトギス」と並ぶ大結社誌と言っていい。この連載の編集担当はのちに結社「鷹」を立ち上げる藤田湘子。

湘子「赤城さかえ氏に「戦後俳句論争史」を当分執筆して頂く。今年の六月号で馬酔木は四百号を迎えて馬酔木の戦前戦後に果した役割を一応反省したと思うが、戦後の俳壇の動き、その中での馬酔木の占めた位置、といったようなことを更に反省してみたいと思う。赤城さんは馬酔木という結社にこだわらず自由に書いて下さる筈だから、われわれにとってはよき前進の資となるだろう」

湘子は「馬酔木」昭和三十二年十一月号の編集後記でこう記している。俳壇の戦犯として論われた秋櫻子と「馬酔木」もまた、いまだ戦後処理に追われていた。そして当時の湘子は俳壇セクト主義にとらわれない、「文学」として俳句を解する人だったということだろう。

もっとも、「純粋保守系」とされる「馬酔木」に「進歩的評論家」のさかえが書くことを「奇異」であると訝しがる向きもあったようだ。これについて楠本憲吉は昭和三十四年十月号で「その筆力に敬服」と評価、「このような批判こそ俳壇セクト主義の悪しき見方を示すもの」とそういった連中を批判している。

さかえ「私自身がその渦中にあった論争もあります。私はそれらの論争を歴史的に再評価し、位置附ける仕事をしてゆくに当って、言うまでもなく私情にからんだり、徒党的な立言をしたりすることを絶対にしない覚悟で臨みます。つまり、あくまで公平を期するつもりであります」

さかえも序文でまずその問題に触れている。「馬酔木」に連載する上で、やはり自身のコミュニストとしての印象を危惧していたのだろう。冷戦下、現代以上にセンシティブな問題であったはずだ。さかえの序文はそれを払拭する意味もある。あくまで文学論であると。しかし、

さかえ「公平ということは、喧嘩両成敗的な取り鎮めでも、両者に華を持たせて二で割る式の当り触りのない解決でもないと思います。どこまでも冷静な評価と批判とにもとづく位置づけの仕事であろうと思います。従って、私が渦中にある場合は、私は自分への厳格な自己批判を経た上で発言をしなければなりませんが、如何に反省してみても、正しいと思われることは、やはり正しいとしてゆくほかないと思います」

と阿るつもりがないことは断っている。それでも相当な気の遣い様である。それは「馬酔木」という媒体の問題以上に、過去の論争のほとんどがすれ違いのまま終わっていたり、論争をごまかして終わっていたりしているからであった。これについてさかえは、

さかえ「俳壇には、論争があるべくして起らずに終るという状態がずーッとつづいて来ているようであります。（中略）俳壇の論争がそういう風にしか展開しない傾向性をもっていたという事実は、少しく過去の論争の歴史をふり返ってみれば、誰の眼にもはっきり映ってくる事柄ではないかと思います」

と、身内同士の論争を避ける俳句界における「論争」の定義の困難さと、これにより連載が単なる記録集に終わることの不毛さを危惧している。そこでさかえは、

さかえ「いろいろ考えあぐねた末、私は、それ等対立する意見のうち、どうしても俳句思想史（俳論史を含む）上、没却できない、乃至は没却してはならないであろう対立は、当事者が論争の意志を持っていたか否かに拘ることなく、その対立の姿を浮き上らせ、その対立の意味を探って見、できれば、その対立を歴史的に位置づけてゆくべきだという考えに落付いたのであります」

と、さかえ自身の判断で「論争」を定義し、執筆することにした。これにより「戦後俳句論争史」にさかえの史観および論を自由に組み込みやすくなったといえる。病弱の身にすれば、資料的にも取材活動にも限界がある。このエクスキューズは円滑に連載するための方便でもあったのだろう。

こうして「戦後俳句論争史」は「馬酔木」に連載された。大きく分けて「第二芸術論」、「草田男の犬」、「根源俳句論争」である。書籍の『戦後俳句論争史』に収録されている「社会性論議の実態」は「寒雷」で「馬酔木」連載前に執筆したものなので、あくまで三つの論争が「馬酔木」連載のために書き下ろされたものである。古沢太穂によれば、四つ目の書き下ろしとして「俳句形態論」があったようだが、未着手のままとなったようだ。

また書籍化もさかえが生きている内に企画されたが、編集を託された太穂も、資料収集を頼まれた佐藤鬼房も多忙により手を付けられず叶わなかった。死後、白影子の尽力で日の目を見たのは先に記した通りである。

ところで「根源俳句論争」だが、この論争をいまさらほじくり返す人もいないだろう。山口誓子の「天狼」を中心に、昭和二十三年ごろから広まった俳句における「根源論」についての論争である。語源は誓子が「天狼」創刊号で書いた、

誓子「私は現下の俳句雑誌に「酷烈なる俳句精神」乏しく、「鬱然たる俳壇的権威」なきを嘆ずるが故に、それ等欠くるところを、「天狼」に備へしめようと思ふ。そは先づ、同人の作品を以て実現せられねばならない。誌友の多くは、人生に労苦し齢を重ぬるとともに、俳句のきびしさ、俳句の深まりが、何を根源とし如何にして現るゝかを体得した」

という一文にある「根源」である。さかえはこの仰々しい文を「司令官誓子」と揶揄しているが、高濱虚子、水原秋櫻子という当時の二大巨頭に対する決意の表れと取れば悪くない、これくらい劇場型の大演出をかますほうが、案外弟子には響くものだ。演出大事。

「天狼」は「馬酔木」から誓子門としてついて行った者と、新俳句人連盟から脱退した旧京大俳句の一部が参加した。西東三鬼、平畑静塔、波止影夫、秋元不死男、三谷昭、考橋謙二、橋本多佳子、榎本冬一郎、高屋窓秋、杉本幽鳥、谷野予志、山口波津女ら、ある意味バラバラで、これが初

期「天狼」の良さでもあるが、各人好き勝手に「根源」を展開したため散漫になってしまった。それでもさかえは、

さかえ「大体、戦後に行われた多くの俳句論争のなかで、この根源俳句論争ほど重要な意義をもった論争は無かったと思います。またこれほど沢山の成熟した俳人達によって、これほど長期間、あらゆる角度からたたかわれた論争もなかったと思われます」

と書いている。また論争の後半に登場した中村草田男と山本健吉に対して、

さかえ「根源俳句論に潜んでいる近代主義の病理に批判の焦点がしぼられたということは、大論争の結末にふさわしい立派な成果であったと思っています」

と絶賛している。時代としか言いようがないが、今となってはこのさかえの絶賛も色あせた。今さら根源俳句云々もどうかと思うが、本稿でこれまで一切触れず、さかえの「戦後俳句論争史」にしっかりと記されているから触れないわけにもいかない。

ちなみに根源俳句論争で論題となった主な句と、論者それぞれの「根源」にまつわる言葉をさかえの引用より挙げてみる。

冷水を湛ふ水甕の底にまで　山口誓子
藁塚に一つの強き棒挿され　平畑静塔
水枕がばりと寒い海がある　西東三鬼
頂上を極め女らゐなくなる　石田虹人
いなびかり北よりすれば北を見る　橋本多佳子
新日記三百六十五日の白　堀内小花
もう種でなくまつさをに貝割菜　永田耕衣

＊文中引用ママ

西東三鬼「現代俳句の大きな迷妄は、内容を成す感動の正体、根源を第一義とせず、根源に付着する季節を最も重要とする点にある」

波止影夫「根源精神なき無季俳句は今後の俳句の特性を発展させる力はなく、俳句を自由詩へ解消する運命にある」

堀内小花「根源探求を表現の面より見れば、抽象より更に高度の抽象への連続であって、抽象精神となる。即ち根源精神とは否定の精神であり、抽象の精神である」

永田耕衣「単なる運命として即物主義を悲しむ者に、忽ち与へられる好運である。そして、この好運を真に逃がさず、捉へて生かすものこそ、「根源精神」なのである」

神田秀夫「大脳の所産である文芸の作品すら、作者の予期せざる偶然が参加し、運命に翻弄される。若しも我らが根源を探らんとするならば、主知主義や主意主義の哲学より更に一歩深まらねばなるまい」

初期は誓子の句に基づく根源論だったが、後半からは俳句そのものの根源論に広がった。ところで根源論とはなんぞやという疑問と批判は当時からあったようで、新潟大学教授の金原省吾が昭和二十五年「俳句研究」八月号に根源俳句のテーゼを九つにまとめた。

さかえはこれを「綿密で、正確な概説」として引用している。

（一）根源は常に緊張せる原動力としての、即ち力としての主体性を持つ。
（二）根源は肉体化され、肉体が根源化され、肉体は体位としての位置を根源中に占める。
（三）根源は情感の中で成立する純粋組織である。
（四）根源は物の信である。純粋の体験である。
（五）根源は真、即ち純粋知性である。

（六）根源は知性と知性以前との対決、解明と未解明との対決である。
（七）根源は即物的に、根源の境位に成立した物を提示して真理とする。
（八）根源は非論理性としてあらはれる。消極的なる意味と積極的なる意味とある。
（九）根源は定型性をとる。これが伝統である。

これはあくまでさかえの引用からの抜粋だが、わからない人は「根源」を「俳句」に置き換えると何となくわかるかもしれない。「根源」と銘打たなければ現代の句作にも参考になる部分はある。ちなみに（八）と（九）に関してさかえは懐疑的である。

この論をもっとも積極的に展開した一人が孝橋謙二で、神田秀夫との論争において、科学における分析方法を俳句に持ち込む「内心のメカニズム」論を展開したが、まもなく「天狼」を脱退、俳句からも遠ざかってしまった。ちなみに根源俳句論争ではその謙二の「内心のメカニズム」の他、平畑静塔の「俳人格」説（「俳句」昭和二十七年七月号「昭和の西鶴」より）もあり、

・虚子は芭蕉のやうに心の安息を求めて彷徨した魂の歴史を持たないと指示され得る。
・戦争は一瞬のまばたきのうちに、虚子生涯の絵巻の中に加はつただけである。
・虚子俳句の没時代性、無懊悩の態度は、虚子俳句を遂に芭蕉俳句以上に列せしめなかつた。
・虚子はただ、子規の写生に、なほ一つの俳諧美学を加へんとしたに止まる。
・虚子の花鳥諷詠の態度には空白状態が必要である。それが花鳥諷詠の精神なのである。

・虚子は俳人格の完成した最高の一例である。
・素十は花鳥諷詠に唯心論を加へむとし、草田男は花鳥諷詠に歴史的時間を与へやうとする。
・虚子の大根の句〈流れゆく大根の葉の早さかな〉はいかなる芸術を以てするも置きかへることはできない。
・花鳥諷詠そのものといふべき、一つの俳人格を完成した虚子の俳句は、芭蕉に次ぐ俳諧史上のものと思ふ。

さかえの静塔論の引用を抜粋するとだいたいこのような感じだが、山本健吉と中村草田男のこれを受けての対談「現代俳句の底流」を抜粋すると、

健吉「平畑静塔は突きぬけて行つて、ひどく偏つた結論に達してゐると思ふんだ」
草田男「ただ卒然と述べております。何にも証明がないんだ」
健吉「根源俳句の本当のバックボーンは、静塔の俳人格説だと思ふんですよ」
草田男「たうとう虚子先生の方を主にしたところで、僕をも抑へこむことがナンとか出来るやうな気になつちやつたんぢやないんですかね」
健吉「あの人は俳人格なんていつてゐるけれども、中年にしてカトリックに入信した以上、自分の最大の目標はカトリック的人格の完成であるべきなんですよ。カトリシズムの根本だけれども、あの人の俳句は原罪観念は全然ないですね」

草田男「『天狼』には「この世に神などといふものは存在しない。だから俺達は各自単独に、非常に聡明な存在者だ」さう信じてゐる連中ばかり揃つてゐるかのやうに見へる。秀才揃ひ、ニルアドミラリーの連中が揃つてゐる」
健吉「根源俳句にはアンチ・ヒューマニズムを感じるんです。誓子・耕衣・三鬼皆さうですよ」
草田男「あの人達には「甘つちよろい」といふことは鳥肌だつほどにおそろしくて堪らないんじやないですかね。僕は甘つちよろいといふことが恐ろしかつたら、結局アンチ・ヒューマニズム、利口者になつてしまふんじやないかと思うんです」

このようにやんわりとした口調ながらも容赦ない。さかえは、

さかえ「山本にとっては俳論家としての、中村草田男にとっては作家としての、一歩も退けぬ、自己の在り方と、「根源論」との在り方の対決という気魄で行われたものであります」

とあくまで双方公平に評価している。逆に静塔の俳人格説以外の「天狼」の根源論は「刺身のツマほどにも扱われていない」とし、健吉の「俳句本質論」が食われるか、健吉が「俳人格説」を食うかの決戦だったと評している。ある意味静塔の俳人格説は二人を本気にしたということか。ちなみに無視された謙二はこの座談会に激しく反駁しているが、これまた健吉にいなされてしまう。同じく無視された三鬼は「俳句」昭和二十七年十月号で当の静塔と「根源俳句の立場」と題する対談を

設けている。

三鬼「俳人の性格に痴呆的なものが表れてくるといふ説には、事実として大体賛成するんだが……」
静塔「評論家として誠に賢明な態度と賞めてもいいが、私は作家ですからね」
三鬼「健吉氏は根源俳句のバックボーンは俳人格説だといつてゐるね」
静塔「さういふ事になるかも知れん。これは自画自賛でなく、根源俳句探求説と俳人格説は強く結びついてゐると私は考へてゐるんだ。私は根源を自分の主体に求めてゐる」
三鬼「誓子先生は根源（生命）と書いてゐるから主体派だね」
静塔「草田男自身にも俳人格といつた点があると認めてゐる」
三鬼「草田男氏は俳句において「人生如何に生くべきか」を表現したがつてゐる。誓子先生は「人生とは何ぞや」（中略）草田男氏は前頃よく「全人的」といふことをいつてゐた」
静塔「私の考へておる俳人格説は、究極では人間と俳句は一元論になる」
三鬼「健吉氏は楸邨句集の解説で「全体的人間の完成を犠牲としての俳人格など、何の意味もないであらう」といつてゐる」
静塔「私の根源は自己にあつて主体派だから、主体にある根源を客体に投影する立場だ。だから私の理想とする俳人格を完成することと、根源論とは何等矛盾しないと思ふ。（中略）原罪意識がないから直ちにカトリシズムではないとはいへないと思ふ」

三鬼「誓子・耕衣・三鬼みなアンチ・ヒューマニズムですよ等と（健吉氏は）放言してゐるけれど、（中略）アンチ・ヒューマニズムだといふ唾を（天狼に）吐きかけただけの事だ」

静塔「健吉氏は天狼の主知的傾向、或いは若干の虚無的傾向を指して、アンチ・ヒューマニズムといつて片付けてゐるんだらうが、評論家としては俗論にすぎない」

三鬼「かういふことを（健吉）氏がいふのは、俳人を軽蔑してゐて、俳句をじつくり鑑賞しないからだよ」

静塔「天狼が嫌ひなんだね」

さかえは「両者間のかくまで画然たる相違をくっきり浮き上らせただけ」として、抜粋のみでこの対談そのものに関しての批評はしていない。「一応目的は果せた」というわけで、それは賢明だろう。以上がさかえの「根源俳句論争」である。相当にざっくりとした抜粋と概要になってしまったが、今となっては乗り越えられてしまったというべきか、忘れ去られてしまったというべきか。その後の各俳人たちの歩みを考えると、若かったとか、時代だったからと言うべきか。あくまで戦後まもなくの俳壇戦犯問題や米ソ冷戦などの混沌とした社会変革の中で起こった論争である。また、やはり第二芸術論との対峙が大きい。「たくましい俳句の発展を期する為にも根源俳句理論の検討は今後も大切な現在的課題たることを失わないであろうと思います」というさかえの締めの言葉も今となっては、である。

あくまで『戦後俳句論争史』に収録されている史実という意味のみで触れた。

付け加えると本連載の間に「社会主義リアリズム論争」も「俳句」昭和三十三年四月号「現代と俳句」や「俳句人」昭和三十三年八月号のさかえによる報告「リアリズムについて」を皮切りに展開されたが、これもまた「根源俳句論争」同様、いやそれ以上にいまさら掘り返すような代物ではないので本書では割愛した。人民民主主義リアリズム（赤城さかえ）、反資本主義リアリズム（橋本夢道）、批判的リアリズム、変革的リアリズム、素朴実在的自然主義リアリズム、「大衆のエネルギーから噴上る混沌とした革命性、客観的現実の革命的未来を芸術的現実の現在として表現する」（大原テルカズ、「底辺の感想」と題して好意的批判を展開）、ゴーリキー、ルカーチ、エレンブルグ――もういいだろう。これもまた「時代」だったのだ。

最期の刻

「馬酔木」誌上における「戦後俳句論争史」の連載は、さかえの評価を確かなものとした。さかえの筆力もさることながら、やはりメジャー誌の力は絶大だ。角川書店「俳句」を中心とした商業俳句雑誌の仕事が増えた。昭和三十四年あたりからはほぼ毎月、角川から仕事の依頼が来た。昭和三十四年の「俳句」六月号では「作家の顔」でグラビアに登場している。遡ること昭和三十二年からは「俳句年鑑」の編集委員となった。昭和三十七年には「俳壇時評」として「俳句」に月刊連載を持つ。もちろん「俳句研究」や「人生手帳」の原稿依頼も舞い込むため、本当に忙しい身となった。そのため「俳句人」や「寒雷」といった実入りの少ない、下手をすると原稿料の出ない同人誌への寄稿は減った。さかえも再婚とはいえ新婚、妻は市役所勤めだが自身も稼がねばならない。専業作家のさかえにしてみたら仕方のない話だろう。商業作家はチャンスを逃してはならない。

また、各地の公演や祝賀にも頻繁に呼ばれるようになった。「赤城さかえ先生」として講演料やお車代を頂戴できる身になった。昭和三十二年五月十七日には佐藤雀仙人の句集『鉄骨と雀』出版記念祝賀句会に招かれて千葉県野田市を訪れている。この時のさかえの写真は健康そのもので、雀仙人自身が野田清水公園でさかえの写真を撮っている。

佐藤雀仙人は福島県出身。尋常小学校卒業後、野田醤油に就職。以来、プロレタリア俳句、職場俳句を詠み、新俳句人連盟中央委員、千葉俳句作家協会顧問を務め、『野田俳句史』で全国俳誌協会評論賞、昭和五十五年に野田市文化功労賞を受賞した野田俳壇の中心人物である。結社は「南柯」を経て回覧誌「野菊」（野田市俳句図書館鳴弦文庫所蔵）、「俳句文学」を立ち上げ、のちに「雑草」主宰となった。

『鉄骨と雀』に関してさかえは「把握のたしかさ、措辞のたしかさ、叙情のみずみずしさ」「人間としても、俳人としても、困苦を通しての変貌を敢えてした」として「俳句人」昭和三十九年六月号「鉄骨と雀 感想」で取り上げている。健康面の不安から句集の評論や感想を書く自信がないとなるべく断っていたさかえも雀仙人の頼みには足を運び、執筆もした。生活や収入のためだけでなく、これと思った俳人には自らの健康も顧みず、さかえは情熱を傾け、句友を讃えた。

この年、盲腸で横浜港湾病院に入院してしまったが体調はすこぶる良かった。翌年の昭和三十八年には再婚した山崎聡子との間に待望の長男、拓《ひらく》が生まれている。離婚した前妻、松永妙との長女と合わせ、さかえも二人の子の父となった。

そんな順風な日々を迎えたさかえだが、これまでの苦難は血反吐の日々であった。しかしさかえは諦めず、ただひたすらに書いてきた。その真摯かつ、時としてシビアな姿勢が信用を得た。

さかえ「私はこれから評論家になろうと思う」

それより前、「追いつめられ記」と題した「寒雷」昭和三十年六月号の寄稿に、さかえは冒頭、この一行を記している。

さかえは「過去において自分を評論家を以て任じていたことが無かった」と続けている。古沢太穂から「赤城君は作家というより評論家だ、という言葉をしばしばきかされるのだが、その都度僕は肯定も否定もしないですごしてきた」と「俳句研究」誌上で紹介されたこと、加藤楸邨からは句集を出すときに「批評家としての君により多く期待する」と言われたこと、太穂に「君は批評家だからだよ」と「再三ならずなじられてきた」こと、「それはやはり君が作家ではないからだよ」と「きめつけるように言い捨て」られたことなどを上げて、それでも「評論家になる」道を選んだ理由を書いている。

さかえ「では何故評論など書き初めたかというと、それは明らさまに言ってしまえば、私のような俳句の未熟なものでも、今どうしても発言しなければならないことがあるように思ったからである。進歩的な側の発言にも、保守的な側の発言や作品傾向にもこのまま放っておけないものを感じた」

この「追いつめられ記」は赤城さかえの執筆における重要な文である。さかえは本稿で自身の執筆姿勢から動機に至るまで告白している。

さかえ「転向者として、没落の底から漸く這い上った生活の中で、過去の傷痕に日夜さいなまれていた私を、こうしてはいられないぞと掻き立てたものは、「日本危うし」という危機感だった」

さかえはあくまで文学として、社会を通して俳句を俯瞰している。

さかえ「俳句の世界についても、私は新俳句人連盟の作られ方そのものに危いものを感じたが、その杞憂は予想以上悪い結果となって現われてしまっていた。（中略）残念ながら、私は未だ一介の投句者に過ぎぬ存在だった」

さかえが俳句を始めたのも、ましてやデビューも当時としては年齢的に遅かった。さかえの名が知られるようになるのは先に書いた岩波書店「文学」に寄稿した「近代俳句の再出発」である。これを読んだ石橋辰之助が原稿を依頼し、「草田男の犬」が生まれる。

さかえ「このようにして私は、出合いの形容語をやや大袈裟に利用すると「彗星の如く」俳壇に現われた「新進評論家」になってしまったのである。だから「俳句作家赤城さかえ」は、「評論家赤城さかえ」の後を追いかけて今日に至ったらしい」

さかえの俳句に正直、評価に困る部分があるのは先刻承知であろう。古沢太穂の言うことももっともで、優しく誠実だが、上手くはない。ここはさかえも認めるところで、

さかえ「私の作品は、腕が未熟な上に、時間的に熟さずに作品化してしまった句がかなり多かった。闘争の句などは、いずれもずいぶん打ち込んだ努力はしたものなのだが、その打ち込む時間が全く短いのである」

と自身の句について嘆いている。

それでも、俳句はともかくとして、さかえは本気で文筆で飯を食おうと決心した。

さかえ「しかし、それら（句作）がどうなろうと、私の今度は否応なしに、文筆的な方面に収

入の道を切り拓くほかないところまで追いつめられて来ている。私の子は一人娘だが（筆者註：前妻、松永妙との娘）、この子は、近く籍の上でも全く他人になる筈の妻のもとで田舎育ちをしたのだが、これが音楽志望で、こんど某私立の音大に入学した。（中略）入学金を納入するぎりぎりの時間に、私は三度も締切りをのばしてもらった俳句研究の原稿ができた。折からの風まじりの冷雨の中をでかけた。チョッキの内ポケットには工面した入学金の札束が三十五枚重たくはいっていた。一寸した月給取りなら毎月ポケットに入れて帰るであろう札束も、病人生活を十四年もつづけて来た私には、十五六年ぶりの経験だった」

さかえは病弱なためまともに仕事が出来なかった。原稿も遅れることが常だった。まさに「追いつめられ」記だ。

さかえはこう結んでいる。

さかえ「私が、今後、評論家になろうと思っているのは、（中略）何よりも〝めしの糧〟を得るためである。（中略）まあ僕も句集を出したんだからネ、自称俳人でもよい、とにかく俳人だという証拠物件に事欠かなくなったわけだ。人生とはまことに、変なものだ。変なだけに愉しいものでもある。ぜんそくに喘ぎながらも、人生廃業はぼくにはできそうもない」

これが普段のさかえだろう。俗っぽいが、こんなものだ。とても好感がもてる。時折見せる、こんなさかえも私は好きだ。

確かに変な人生だ。東大で共産党に入党し、知多半島に逃亡し、結核に罹患して死にかけのまま始めた結核病棟の俳句教室の一生徒、一般投句者の藤村昌が数年で赤城さかえになった。さかえは俳句などまったく縁がなかったのに。

だがさかえの人生はもう終わる。結核でも喘息でもなく、さかえの肉体は静かに、癌に蝕まれていた。

さかえは昭和三十七年の盲腸手術翌年の昭和三十八年六月、再手術となり腸八十センチを切除した。手術は再び成功したが、結核菌に抗い続けた肉体は、もはや限界に達していた。

その年、さかえは「俳句」五月号の「現代俳句の百人」に選ばれた。

　うなかぜに芽吹きを拒み崖疼く　　さかえ

せっかく売れ始めたというのに――「天道、是か非か」である。

昭和三十七年の盲腸手術で結腸部分の変色部分を三十センチ、昭和三十八年六月の再手術で腸八十センチ切除したが、それらは悪性腫瘍であった。小腸も三十センチほど切り取ったが手遅れで、腹部に癌細胞が残っている状態だった。

さかえは放射線治療のため昭和三十八年九月、上池袋にあった癌研究会付属病院（通称「がん研」、のち移転して「がん研有明病院」）に入院、その年の大晦日まで放射線療法を受ける。さかえは自身が癌であることを知らされていなかった。医者はもちろん、妻の聡子も伝えなかった。

さかえは昭和三十九年、一時的に放射線治療の効果があったのか寛解し、現代俳句協会の総会に出席している。これが公の場に姿を現した最後である。

翌年の昭和四十年、酷く咳き込むことを結核の再発ではないかと疑ったさかえは、生まれたばかりの長男の拓に感染ることを心配して自分から療養所に入所したが、結果は陰性であった。

「とうとう結核に勝ったぞ！」

さかえは聡子にそう告げたという。しかし聡子は喜べなかった。実は癌であるということを、ここでも聡子はさかえに告げなかった。療養所の医師も「お腹があやしい、すぐ退院して癌研に連れていきなさい」と言った。さかえの退院は結核がどうこうより、癌研に戻れというだけのことだった。

さかえは癌研を嫌ってなかなか行こうとしなかった。当時、結核罹患者は癌にならないという説があった。これがのちに「丸山ワクチン」を生むことになるが、必ずしもそうではないし意見は分かれる。聡子はなんとかさかえを説き伏せ、再び癌研に向かった。

「もう手遅れ」

聡子が医師に告げられた言葉だった。

「駄目だね、どうして今まで来なかったの？　お腹にズーッとひろがって膀胱を圧迫してるよ。これじゃ手術も無理だし入院してもどうにもならない。幸い本人は知らないんだから僅かな余命を家族で過ごしたほうがいいよ」

さかえは末期癌であった。

納得いかなかった聡子は、さかえに別の病院に行こうと提案した。もちろん末期癌であることを知らないさかえは「もう病院はたくさんだ」と取り付く島もない。さかえを説得するには実の姉妹しかいない。妹の英子の紹介でなんとか虎ノ門病院で検査を受けさせることが出来た。

「悪性腫瘍間違いなし、持って一年」

ここでも余命わずかであることを告げられた。それでも聡子はさかえに癌であることを告げなかった。

これらの経過が記された「みとりの記」はさかえの死後、聡子が「俳句研究」昭和四十二年八月号に寄せた追想記である。さかえの死についてはもとより、読み物としても、ターミナルケア（終末医療）のあり方としても興味深い手記である。ここではその「みとりの記」を参考に、さかえの死を記す。

さかえの癌の進行は実に早く、昭和四十一年には腸壁から腫れた腹部の皮膚を癌細胞が突き破り、そこから便が漏れ始めた。もっとも突き破らなければ腸閉塞、腹膜炎になるわけで、さかえの命運もここまでだった。

さかえは自宅に戻された。

「家はいいなあ」

臥せったままのさかえだったが嬉しそうだったという。腹部から汚物が漏れるが後始末はさかえ自身がやった。聡子が仕事から帰って来ると部屋が綺麗になっている。基本的にまめな性格のさかえは、末期にあっても身の回りのことは自分で始末した。

昭和四十一年十二月二十四日、横浜市立港湾病院（横浜市立みなと赤十字病院）に入院した。

「お正月も病院か」

さかえはのんきなことを言っていたが、二月になると腹の十円硬貨大の穴から滲出物が大量に出てくるようになり、ポリ袋を絆創膏で貼り付けて受け止めた。しかしさかえには痛みがなく、うなぎだ寿司だ蕎麦だ塩鮭だ赤飯だと好きなものを食べた。もはや手遅れなので病院も黙認であった。聡子もせっせと持っていった。

「業病だなあ」

やがてさかえの腹の穴から食べたものがそのまま出てくるようになった。五月になると癌の痛みも始まり、まくらを投げたりタオルを投げたりベッドで七転八倒するようになった。

「とっても苦しいんだヨウ、とっても」

冷静で穏やかだったさかえが泣きながら叫ぶ。聡子が励ますたびに「負けたらおしまいだ」と我に返る。末期癌の痛みに耐えきれず、物を投げ、汚物まみれで床を転がる。

それでも食欲だけはあり、妹の差し入れの蕎麦を食べた。腹の穴から蕎麦がそのまま出てくる。さかえは「うまい」と言ったが、聡子はここで覚悟を決めたという。さかえの人間としての肉体は終わっていた。

聡子はさかえの命が終わるであろうことを加藤楸邨、古沢太穂、石原八束に伝えた。

この時、さかえは「赤旗」「人生手帳」「全逓新聞」「国鉄文化」「療養新聞」の五誌の選者をしていたが、聡子はさかえのあまりの衝撃的な状況を心配し、勝手に断ってしまった。

さかえは珍しく激昂した。

「いまの僕からそれをとったら、あと何が残るんだ！」

しかしさかえの腹の穴は真っ黒に拡がり、吐き気をもよおすような異臭を発していた。

その翌日の五月十六日、聡子が朝七時頃病院に訪れると、さかえは半狂乱だった。聡子に「何しに来た！」と言ったかと思えば、「いま何時だ！」を連発し続け、酸素吸入器を引き剝がして「こんなもの！」と放り投げ、ウンウンうなりながらベッドに床に転がり続ける。

やがてベッドから動かなくなった。医者が駆けつけるとさかえは目覚めて言った。

「とうとう最後の刻が来たようですネ」

それまでとうって変わった、穏やかないつものさかえだった。

「いやわかってる」

さかえは聡子に言った。

「君にも世話になったなあ」

妹の英子にも言った。

しばらくして、誰にともなく告げた。

「いまに口がきけなくなるからいっておく、お世話になった皆さんによろしく」

やがて呼吸困難となり、その夜の十時ごろ、かすれるように声を発した。

「目が見えなくなった、さようなら」

昭和四十二年五月十六日十時五十分、横浜港湾病院で赤城さかえは死んだ。病苦ばかりの人生から解放されて。

さかえは多磨霊園の藤村家の墓に葬られた。生前の本人の希望から無神論者のため戒名はなし。享年五十八。

絶句

たんぽぽの黄を挿して愛ず一コップ　　赤城さかえ

そしてさかえは、昌に戻った。

エピローグ　太穂、鬼房、そして兜太

青あらし生あるものは皆揉まれ　　加藤楸邨

掲句は赤城さかえの師、加藤楸邨の弔句である。

さかえの死後、さまざまな俳人から追悼文が寄せられた。「俳句人」も昭和四十二年九月号で「赤城さかえ追悼特集」を組んだ。その多くが生前のさかえの優しさ、芯の強さ、博学ぶり、仲間思い、育ちのよさなどの思い出や印象を並べて哀悼の意を表している。

まず古沢太穂。赤城さかえをもっとも冷静に評し、もっとも理解していた人かもしれない。

太穂「彼について書かれたものや、追想の座で語られる言葉の中に、きまって人柄のあたたかさや楽天性、それでいて最後まで論理を正すきびしさが、そのイメージとして洩らされる。ある人はそれを彼の天賦の資質といい、ある人は豊かなプチブル層の育ちのよさと結びつける。そうした発言の善意には口をはさむべくないし、それらも勿論あの分厚い彼の内実を成す要素であることには間違いないが、（中略）革命思想に導かれた青春の実践、その挫折、転向の時流に身を任せた退廃への悔恨、ふたたび人民の戦列の一端に加わり、病苦の日々にも重ねた実践の歳月、そうしたたたかいの中でたたかいの為に築いた彼の人間史への深い洞察ぬきには、そのあたたかさも、楽天性も、論理のきびしさ

も、発展のなかの統一として正しくは理解できないにちがいない」

これは『赤城さかえ全集』の序文だが、死後二十年経っても太穂のさかえ評は揺るぎなく、また多くのさかえに対する死後評に、いまだ納得できていないことが垣間見える。

金子兜太は「思い出すままに」として同じく全集に寄稿している。ただの思い出話と断って書いているが、やはり食えない御仁である。兜太がさかえに初めて会ったのは一九五六年、現代俳句協会賞の受賞のために神戸から上京した時である。さかえの「受賞の兜太と」と題した句〈その途上早口休めば汗の肉《しし》〉が残っている。烏山でさかえの俳談、俳論を拝聴したという。しかし兜太は今も昔もあの金子兜太なので率直な言葉を投げた。

――父君の著書や蔵書に囲まれて椅子に腰かけている氏（さかえ）には、大柄な学者の風格がにじみでていた。私は思わずこう口走ってしまったのである。「俳句のような小さなものではなく、もっと大きなものをやったらどうですか」と。これはまるで、熱心な実のこもった氏の俳句談を逆撫でするかのような言い方だったにちがいない。

氏は黙ってしまい、やがて堪えるように、吐き出すように言い切ったものである。「こんなチッチャなものをやって」「しかし、やるしかないな」

「何故」とはさすがに訊けなくて、私は氏の顔を見ていたのだが、その顔は疳の強そうな渋面を示していた。内に秘めていた勝気がにわかに顕現した印象だった。

さかえの思い出としてここをあえてつまむのは、兜太らしい鋭さだ。巧妙とまで書くとあんまりか。さかえの勝ち気と思想、行動のディレンマを引き出した瞬間だろう。健康面でも文学面でも、さかえの強みでもあり、弱点でもあった。兜太はこのさかえの本質を「誠実への勝気」としている。「現実ベタ追いのリアリズム」の新俳句人連盟に対して「写実の果の象徴」を説くために、わざわざ「俳句人」に寄稿し、連盟に入会した。自身の客観性を主観的な人々の中で説く。誠実だが、聖人ではない。勝気なのだ。兜太は「俳句研究」昭和四十二年八月号「感慨の俳句　赤城さかえ篇」のなかで、

兜太「赤城の場合はミテクレではない。厳しいものだ。自分の社会的な評価を、やっている仕事自体で決定するという考え方は、何もやりもしないのに名声ばかり欲しがったり、過去の栄光をいつまでも振りかざして、チヤホヤされていたがったり、つき合いやヘソ合わせだけで名誉にすがろうとしたりする徒輩にくらべて、まことにいさぎよいことである」

とさかえを評している。さらには赤城の思想について、

兜太「コミュニストの思想として限定的に処理してしまうことは詐術である。コミュニストが最も厳しくこの姿勢をとっているとは思うが、しかし、これはだれに対してでも要求さ

れることであるはずだ」

ついてまわるコミュニストというレッテルに対しても疑問を呈している。と同時に、コミュニスト全体の社会に対する姿勢そのものも肯定している。ちなみに兜太の好きなさかえの句は〈出港か月界がこたう夜の巨笛〉であるが、句そのものについては「果たせるかな、大方は成功していない」とこれまた率直に述べている。

兜太「真直ぐに言い、きびしく自己抑制し、そこになんのケレン味もなく、彼は生きた」

そう、藤村作の息子として、楸邨の弟子として、さかえは文学に、社会に、そして人間に誠実だった。ゆえにさかえはコミュニストとして思想信条を打ち出さずにはいられなかった。このディレンマはさかえの弱点ともなった。それはもうひとつのディレンマにある。「道標」一九五七年一月号の「佐藤鬼房論」でさかえは率直に心情を吐露している。これは佐藤鬼房の句集『夜の崖』（一九五五年）の句集評である。

さかえ「ぼくには反省して見なければならないことがある。それはぼくと鬼房との間の生い立ちの上の相違である。ぼくが所謂おぼっちゃん育ちの生い立ちをしているのに対し、鬼房は庶民の苦しみや悲しみのなかから育って来た人である。（中略）生い立ちが作り上げる一種の断層というものがありはしないか。ぼくはそのことを悲しく思っている。が、悲しく思いつつも、そんなにひどく悲しんではいないのである。こればかりはどうにもしようがないことだからである」

実はさかえが他人の批評にこれほどまでの自分語りを持ちこむのは珍しいことである。佐藤鬼房は一九一九年岩手県生まれ。戦前は長谷川天更、戦後は西東三鬼に師事したが、山口誓子の「天狼」や沢木欣一の「風」、金子兜太の「海程」にも参加している。両親は炭鉱夫、小学校入学前に父親が病死、家計のために製氷会社の給仕、戦後は冷凍会社で3交代制の夜勤をしていた生粋のプロレタリアートである。のちに自身の俳句結社「小熊座」を立ち上げた。

さかえ「ぼくは自分のなかにある小ブル的なものと過去二十何年闘い続けて来ている。思想的に堕落していた時代でも、ぼくは「名もない」市井の人間として生活してゆく努力だけは止めなかったのだが、それにも拘らず、ぼくは自分のなかの小ブル性を脱却できていない。これは生涯かけての、恐らくは悪戦苦闘の連続になるのではないかと思っている」

この評論におけるさかえは非常に情緒的、私情も露わである。依頼されて四ヶ月向き合ったと述べているが、さかえはそれでも鬼房の句に関して《わからない》を連発している。「鬼房に惚れている」

「貧乏を売物にしたりしない」「代表的な勤労的民衆」と評価しながらも、ほとんどの句には「わからない」として傍線まで引いた十四句を並べて具体的なわからなさを指摘している。「《わからなさ》が彼の作品の中にのさばりはじめた」「詩性が弱まっている」あげくは「その後久しく、彼（鬼房）は佳い句を生んでいない」とまで断じている。もちろん期待を込めてというのは文脈から十分に伝わるが、ここまで露骨な感情をもって評したさかえは本当に珍しい。もちろんここでさかえと鬼房の上下について語るつもりはないし、その優劣、正誤も本稿とは関係がないので言及するつもりもない。ただ一点、さかえの弱点を見事にあぶり出した鬼房の句集の思わぬ功績についてのみ、ここで紹介したく取り上げた。

さかえにとって自身の小ブル的な深層意識からの脱却は一生涯の命題であり、また脱却し得ない命題でもあった。当の鬼房はこのことに対し「真摯な態度で、さまざまと解明に努力されていた」「（さかえ自身の）反省といっていい文脈で述べられていた」と「赤城さんを悼む」（「俳句人」一九六七年九月号）で述懐している。鬼房はさかえ本人と二、三度会っただけだが、さかえは鬼房の上京の際に烏山の自宅に泊め、鬼房への期待と、生活にくじけてはならないという激励の言葉をかけたという。鬼房はさかえを評して「晴朗」という言葉を残している。そしてこのさかえ宅で〈世田ヶ谷区烏山に稲架朝日受く〉の句を詠んでいる。「（さかえが）「社会主義リアリズム」を臆病なまでに回避して行ったこと、人民民主主義的なリアリズムということの問題など、作品と併行して、赤城さんの論旨を明かにして行かなければならないだろう」とも記している。「個の発想から連帯への架け橋」という「人間連帯」をリアリズムの役割とする当時の鬼房としては、やはり論を異にする部分はあっただろう。

俳句は入れ物としては兜太の言で「小さいもの」であり、さかえの自嘲なら「チッチャな」ものである。さかえの弟子、望月たけし氏は若い頃、何もかも嫌になって俳句もやめてしまった時期があった。その時、さかえは「ぼくも俳句は男子一生の仕事にあらずと思っていた」と同調してくれたという。それなのに「しかし、やるしかないな」で俳文学に短い生涯を捧げてしまったわけだが、いずれにせよ十七文字の世界でコミュニストとして社会を変えるには限界があった。「世の中を改良するといふことを、真向にふりかざしては俳句では駄目だ。不適当だ。他の文芸を選むべきだ。其を俳句に求めるのは労多くして功少なし」とは、行き過ぎた社会性俳句を諌めた虚子の言葉(「玉藻俳句研究座談会」昭和三十一年三月号)だが至言である。さかえは虚子を評価していた。虚子もまた、「イデオロギーとしては別」とことわりを入れながらもさかえの句を評価した。それでもさかえは俳句で社会に向き合うしかなかった。「個と思想とのたたかい」を「党員作家が避けて通ることができない輝かしい道」と太穂は評しているが、果たしてさかえの本意だったのだろうか。さかえが人並みに健康だったなら、兜太の言う通り、俳句のような小さなものではなく、文学であれ、政治であれ、もっと大きなものをやりたかっただろう。それをできないディレンマこそが、さかえの作品と論との乖離を生んでいる。しかしそのやむを得ない乖離こそが、生と死の間にありながら膨大な著述に向かう魂の熱源であったことは確かだろう。

終わりに

さかえの文学論は俳句に収まるものでなかった。俳壇に苦言を呈しながら俳人であり続ける、楸邨に生涯師事しながら、コミュニストとしての俳句を詠んだ。それは病苦にあっても変わらない。このさかえを理解するには、先に挙げた太穂の指摘する、「彼の人間史への深い洞察」を抜きには語れない。故に本書は赤城さかえの出生から東大細胞、熱海事件と知多半島への逃亡、親の庇護下で罪を許されての転向という、さかえ自身が立直るための「過去からのすばらしい贈物」だったと述べている「汚歴」も明らかにした。

近年、ノンフィクションやルポルタージュの執筆依頼に多忙を極め、後半は少し駆け足となってしまったが、「草田男の犬」論争を一年以上かけてじっくり書けたこと、さかえとともに、芝子丁種や古家榧夫ら旧「土上」の面々など、俳壇史の彼方に消えた俳人たちの生涯も書けたことは満足している。また赤城さかえの命をかけた投げかけは、決して昔話というだけでなく、現代の俳壇全体に通じる問題であることも改めて確信した。

執筆を支えてくれた方々、出版に尽力してくれた方々に感謝して筆を擱くこととする。

二〇二一年一月　　日野　百草

資料編

【資料1】赤城さかえ略年表

明治41年（一九〇八）
　6月3日、広島市国泰寺町一八四番地に生まれる。父藤村作（国文学者）、母季子（音楽教師）の第三子（次男）。本名は昌。

明治43年（一九一〇）2歳
　作の東大赴任に伴い上京。千駄ヶ谷に住む。

大正4年（一九一五）7歳
　千駄ヶ谷尋常高等小学校（のちの渋谷区立渋谷小学校）入学。

大正10年（一九二一）13歳
　東京府立第五中学校（のちの東京都立小石川中等教育学校）入学、サッカー部に入部。

昭和2年（一九二七）19歳
　旧制山形高等学校（のちの山形大学）文科甲類入学、スキー部に入部。

昭和5年（一九三〇）22歳
　東京帝国大学文学部教育学科入学、サッカー部に入部。

昭和7年（一九三二）24歳
　日本共産党入党、東大細胞で地下活動を開始。「赤旗」の編集を手伝うが、熱海事件に巻き込まれ、この年以降、知多半島へ逃亡。現地で塗装工、国井として身を隠すものち逮捕、投獄。転向により保釈される。

昭和11年（一九三六）28歳
　松永妙と結婚。

昭和12年（一九三七）29歳
東部第七二部隊（野戦重砲兵第八連隊）に臨時召集されるが坐骨神経痛で除隊。長女燿子誕生。

昭和13年（一九三八）30歳
世田谷烏山に新居を構える。昭和鉱業（のちの昭和ＫＤＥ）に就職。北海道に単身赴任。

昭和15年（一九四〇）32歳
北海道の鉱山で結核発病。

昭和16年（一九四一）33歳
逗子湘南サナトリウム入所。俳句を始める。

昭和18年（一九四一）35歳
加藤楸邨「寒雷」入会。

昭和20年（一九四五）37歳
逗子湘南サナトリウム退所、自宅療養。

昭和21年（一九四六）38歳
「千歳文化会」結成。

昭和22年（一九四七）39歳
「草田男の犬」執筆。新俳句人連盟入会。俳誌「沙羅」創刊。日本共産党復党。

昭和23年（一九四八）40歳
「草田男の犬」論争が俳壇を席巻。

昭和24年（一九四九）41歳
結核の悪化に伴い清瀬の国立療養所へ入所、石田波郷の同室となる。「寒雷」暖響作家（同人）推挙。

昭和26年（一九五一）43歳
肺結核手術。
昭和28年（一九五三）45歳
父、作死去。
昭和29年（一九五四）46歳
句集『浅蜊の唄』上梓。国立療養所退所。
昭和30年（一九五五）47歳
泌尿器結核により東京第一病院（のちの国立国際医療研究センター）に入院、手術。
昭和31年（一九五六）48歳
松永妙と協議離婚。
現代俳句協会幹事に就任。

昭和32年（一九五七）49歳
「戦後俳句論争史」を水原秋櫻子の「馬醉木」誌上で連載開始。
昭和33年（一九五八）50歳
山崎聡子と結婚。
昭和34年（一九五九）51歳
横浜市小港の公団団地に転居。
昭和37年（一九六二）54歳
盲腸手術のため横浜港湾病院（のちの横浜市立みなと赤十字病院）に入院。
昭和38年（一九六三）55歳
母、季子死去。長男、拓誕生。再手術のため港湾病院再入院。癌研究会付属病院（のちのがん研究会有明病院）に入院。

昭和40年（一九六五）57歳
横浜長浜療養所へ入所。
昭和41年（一九六六）58歳
東京虎の門病院、港湾病院と入退院を繰り返す。
昭和42年（一九六七）
5月16日午前10時50分、港湾病院で結腸がんにより死去。『赤城さかえ句集』刊。
昭和43年（一九六八）
『戦後俳句論争史』刊。

【資料2】赤城さかえ句集『浅利の唄』

1　うみべのうた

吹きとんで来し葉のいまだ風はらむ
午後の日をあつめて立てる枯木かな
春潮のふくらみ来たり巌うつ
爆音の去り蛙田の湧きかへる
セルを着て養痾の白きふくらはぎ
鳥黐の香やこどもらとすれちがふ
氷嚢のひまより夏の山見ゆる

—喀血—

星空へ天明淡く草ひばり
稲妻にあらがふ欅夜目に見き
梨つまむ指頭にひしと来し夜寒
つるみ蜂わかれ一つは秋空へ
冬菜青きを寒く見おろすばかりなり
バスの銀枯木の間《あひ》を遠ざかる
風となる灯に冴えまさりつゝ読める
煖房のほとび洩れゐるドアに佇つ
短日の日の見えすゝむうすぐもり
合歓の実の穢《え》が凍天の風鳴らす
短日のしゝむら透いて干し鰈
管制の灯に読む凍つる闇を背に
海光やときにバス来る冬木の道
尾を振りて四顧する鵙に雲凍てぬ
霜の柵倚れば海光したゝかに
枯木山さかればほのと萌えてゐし
松籟に遠き来てゐし花菜かな
花のそら爆音つねに一角に
根かぎり泣き叫ぶ児や蛇苺
登り来て椎の香たかき誕生日

—松岡たけを・林原碧水洞退院—

玄関の青蔦ひかる訣れかな
吹きしぼる南風《はえ》のポプラや光充つ

豪雨つのる一樹にありて蟬澄めり
風鈴のり・り・りと蜂を去らせけり
海に向くわがあしうらや秋の風
血を喀くや頭蓋のなかの鉦叩
医師けふも脈執るまなこ秋風に
いたつきの瞼のはてや草ひばり
さわさわと朝霧流れ看護《みとり》の灯
さまざまの学童のこゑ冬に入る
おどけゐし木彫り人形しぐれけり
泡だちて年の暮れゆく礁《かくれいわ》
起きいでて窓の冬日を手にしたり
読み倦めば夕の片照り寒林に
人あり　一句
語り尽きぬことなど庭に雪やみぬ
夜の雪のやみし風音立ちにけり
学童のこゑ湧く丘や芽ぶきそむ
子の葬り了へ来し人と青き踏む
花冷えのやゝ夙き灯をともしけり

梢洩るひそかな日ざし花爛漫
虻澄むや五月の雲の湧きやまず
空映す飛魚の目や誕生日
—駒田雄次郎君より飛魚一尾贈られ—
簷づたひゆくががんぼに霽《は》るゝべく
いくさ憶ふ灯《ひ》の底ひより夜の蟬
ユツカ高し背高き乙女より高し
松高き六月の風見上げけり
草むしる音のちかづく枕上
撮《と》らるゝと子の髪にほふ油照
マリア現《あ》れよ芝生の幹々夕焼けたり
蟬ごゑのひとすぢ起る喜雨の中
殷々と風鈴ひゞく日の出かな
夕蟬の鳴くはげしさに頭《づ》をたれて
おほわだへ吹き落つ風やきりぎりす
沖雲に夜はほのかなるいなびかり
野分だつ藷の葉よぢり駆けぬけて
目路とほく風雨の漁家の花木槿《むくげ》

晴れし日も海は鉄色草ひばり
きちきちの翔《た》つほどに歩を伸ばしゆく
たかき〳〵夕の火雲へ鵙鳴けり
燕去つて丘のあをぞらのこりけり
ひやゝかや大樹のなかに鳴く雀

この年の十一月十五日、私を俳句に導き入れた松岡たけを慶応病院で逝去。その日友急ぎ訪ねきて訃をしらせ呉れる

訃を聞きぬこゑ曳く丘の虫の辺に
訃を聞くや冬日のせゆく雲また雲
友逝きてひと日時雨の底に臥し

悼句

冬紅葉のこされし詩のかくもまた
葬《はふ》り日の落葉ときをり地に飜《かへ》る
友逝きて四日が昏れぬ時雨鵙
冬紅葉いよゝ濃き日や霊やすかれ

× × ×

やうやくに笹鳴とほき畑なかへ
冬ざれの沖の夕焼陸《くが》へは来ず

一陣の落葉眼下の梢に湧く
灯に戻り時雨三日の足袋をぬぐ
書に這はすてんたう虫や小六月
冬暖の苑ふかくとぶ蠅のこゑ
ふきげんに似て懐手いつまでも
冬の雁友も亦やゝ狷介に
水仙の明け去りがたき雪明り
凍蝶の去りし日向や椎木立
樺色の氷嚢干され春隣
斑雪《はだれ》消え煙雨も止みていたりけり
昼ふかき遠松風や実朝忌
啓蟄の蟻みなちさき影を曳く
暁けきらぬ空のはろけく囀れり

外泊　二句

夏潮か瓦礫のはてに光るもの
—鶴見川崎所見—
家毀《こぼ》つ埃かけぬけつばくらめ
梅雨茸を蹴りころがして誕生日

黒南風やわれに這ひくる蟻ひとつ
ねむられぬ友の団扇の音すなり

再び外泊、北京から帰国した老父母と再会、その夜川崎方面空襲　六句

青柿や父子相逢へば国憂ふ
青桐の葉音まぢかし母まぢかし
夏の富士そをいま敵機旋《めぐ》ると告ぐ
午睡とる老母へ迫る敵機の音
敵機音去らず銀漢けぶり立つ
轟々と銀河よぎるは敵機の音

愚碑銘

泣き涸れて聴く一山の蟬しぐれ　―八月十五日―
部屋に来て啼く鉦叩幾夜経し
一枚の豪雨となりし夜長かな

退院す

空青き丘よ穂草の風また風

2　区民のうた

晩秋の蚊柱たちて畑真昼
秋耕の鍬立て軍をなじるなり
ペン休む間も芋の葉に露はしり

蘆花公園を久しぶりに訪ねる。園内に自殺未遂を記念し、蘆花みずから命名した〝首吊りの松〟あり　二句

首吊りの松も書屋も小六月
墓ひそかに櫟黄葉をかかげをり

妹ちとせ　佐保子を負うて朝鮮から帰国　二句

水洟の痩せ児と母に灯ともせや
幾山河越え来し母子に縁小春
朝な遇ふ少女の息の白くなりぬ
冬木道たどれば豚の太きバス
寒さ応《いら》ふに頭《づ》高き農婦となりゐしよ
落葉ふんで逃げゆく鶏や無縁墓地
腹へりし二人の甥に冬休み
停電の夜々をしはぶく三家族

寒ひでり飢ゑはこの家に遠からず

ペン持つたま丶の眼がゆく風の椿

下萌や稿つぐこ丶ろかたくなに

甥姪に庭のかげろふ立つ日かな

机辺も春身をくねらせて幼女の媚

沈丁に伸びつかまりて香をかぐ児

石榴の芽再起せんとふ人ばかり

弾のごと縁はしる児に薄暑来ぬ

生きんがため人々忙し石榴は実に

ふりむかず野を去る友に雲の峯

塩味のはつたい新刊の書を膝に

註　はつたいは麦こがし

弟に縁談きまる　一句

黙《もだ》しがちの黙にはふれじ萩若葉

蟬ごえ一線飢ゑも怒りも暮れてゆく

末田夫婦北京から帰る　一句

話題は中共聴き手かたり手夜々裸

富士夕焼父の言ひたきこと知りつ丶

岩田河童宅一泊　三句

友がりへ苞提げゆくや青田風

朝涼やカザルスの弦バッハの想

—愛蔵のレコードでバッハの無伴奏組曲をきく—

蚤の痕しるき脹もて媚売るか

—帰路横浜所見—

疲れ濃ゆき主婦らの顔や夏つばめ

蟻の道つゞき人の世飢ゑてけり

痢を病めばほのかなる絵の岐阜提灯

青栗を朝なふちどり晩夏の旭《ひ》

露の野に叫《よ》ぶ乙女のみ鮮しや

われを見識る犬がすりより露の中

爽涼の君はいくさを如何に生きし

かりがねや並べば低き母の肩

新涼の蚊のこゑひとつ遠ざかる

町の民主化運動おこる　一句

町の人と集う幾夜ぞ天の川

蜻蛉の翅うつひゞきやペン忙し

稲の穂のりりとひゞかふたなごころ

机辺更けゆく皿と葡萄の種七つ
野より野へ人を訪ひ冬没日
小春日の子等に囲まれビラを貼る
冬晴の集ひより湧く大拍手
―千歳文化会再発足―
かのボスも寝つらん霜に放尿す
冬晴のもんぺこもこもぞろぞろと
主婦道にあふれ冬日に米待つ黙《もだ》
薪かつぐ必死な顔で寒さを言ふ
ふる雪や友も過労の頰をもちて

二・一ゼネスト近づく日京橋近くで　一句

わが町の局の赤旗北風に待つ

風邪から肺炎を併発　四句

高熱やまぶたを去らぬ春夜の蠅
かくて春暁いくたび母を起し、
春暁の母呼ぶ鈴を振り鳴らす
寝返るや春あけぼの、雲こがね
残寒の苦悩多き眼しばたゝき
春日の背が去るやにわかに多弁の悔

乾性肋膜炎併発　二句

咳き咳きて朝が来てをり雀たち
肋抱いて堪へをり雲雀鳴きやめよ
荒き歳月すごし、日焼春灯下
共産党員の友が筍提げて来し
真二つに電柱旭《ひ》ざしメーデー歌
レーニンの伏字無き書に五月の風
よろけつゝ楸邨健在麦生ひ生ふ
桐の花闇屋となりても友貧し
麦秋光不逞の区民ふたゝび飢う

註　一年前世田谷区民による米よこせデモ皇居ふかく押し入る

蟻を這はせ風の大樹は天に揺る

駒田雄次郎逝去　一句

梅雨の雀が君と僕とに今も鳴く
愛を説けり人等汗もて汗拭くとき
夜蟬遠し稿書き終へしひもじさに
花ごまや買ひ得し雑誌ふところに
八方に夏のあをぞら悔も若し

黙し合ふ女らに蛾がめぐるなり

―千歳文化会婦人部第一回集会―

散会す真夜の灯及ぶ凌霄花《のうぜん》に
鼻の汗ひとみが吾をうやまへる
蜥蜴の尾すでに秋光ペン急がん
肩うすき少女となりし子と月夜
野路の氷屋子と来て坐せば流離の情
いわしぐも「あこがれ」の帝は地を歩む
濃りんどう髭のなかより訥々と
コスモスやもんぺゆたかに薪割女
秋晴の朝の八時の砂利あゆむ
忙しさの記憶が爪を切つてゆく

竹村義一君と再会　三句

石路咲くや額《ぬか》禿げぬけて久しの友
石路に語る生きて来し唯そのことを
石路に偲ぶ馬齢を拒みし呉服《くれは》の死を
咳くまじく耳火と燃やしレール越す
忙しさの此処に極まり林檎食ふ

足にさばく枯草組織野より野へ

電力協議会遂に成る（町民大会の議長をつとめ）
一句

短日の長き拍手へ低頭す
いたはりの眼にかこまれて咳くばかり

女性偶感　二句

嘘に慣れ不幸に慣れて胼手入れ
思ひ出も虚実塗り込め胼手入れ
崩折るゝごとくに咳きて野を帰る
幹太し猥画の疵も冬荒《さ》びて
寒月下痩せしと思《も》ふ肩急ぎゆく
咳兆す顎ひきすゑて会議の隅
歳晩の人波を来し咳を咳く
寒き稿冷えし餅たべ指なめて
寒月にひしめく石を何故去らぬ
北風《きた》に逆ふ自嘲は木炭車か吾か
咳き終へて泣きやみしごと稿の前
咳きやめば声音《こわね》をひそめ四家族
梅に佇つ尚も腕組みほどかずに

この年、つまり一九四八年三月一日から私は新仮名ずかいに若干の自己流を加えた書き方を用いることにした。俳句は文語体でなければならないとも考えていず、文語体は歴史的かなずかいにすべきだとも考えていないので……

街は春光上眼ずかいに孤児くらう
咳すでに秋より春へ蓬髪も
梅雨を四十路のブギウギ低く口ずさみ
ふた夜踊りしががんぼの屍に旭《ひ》ざしくる
片蔭を咳きゆく小石のみが親し
青トマトふどしよごれて楸邨病む

石橋辰之助逝く　一句

寺も野分のなかに集えば日が射し来
むしろ不逞秋刀魚けぶらしけぶらして
外は満月ひたむきな語がふと躓く
病む故の意地が大露凝らすなり
けんけんと咳くや身近に茅舎の意地
下駄探す一人の肩が恥じている
秋風やかかと大きく戦後の主婦
霧の夜のさよなら彼に闘志もどれ
柄を曳いて地をすり歩く大落葉
霜野を日々運動靴の女教師たち
懐手かの歳月はかくありしよ
北風《きた》に蹴上げて教師は生徒より愉し
校の冬日にうずくまる児よ腹へるか
夜の餅死病久しき膝をあわせ
枯木のみめぐし病苦の筆執れば
開かんと万朶の梅の開くなく

製罐工場にて（連作）　十一句

どんでんがんと鉄が投げられ霜晴れたり
鉄切る火いつしゅん北風《きた》に吠えつのる
鉄切られ吠えつのる火をきたかぜに
コンパスが鉄に描《か》く弧に冬日降り
鉄工ら黙し酸素の火が鳴りだす
酸素の火さかんに怒りてはつまずく
酸素の火ぱんと閉じられたるしゞま
酸素の火閉じて物言うマスクの顔

鉄打つやずんでんどうと寒土あり

冬晴の指図しずかに工手長

霜天へ崖たかくして鉄打てり

× × ×

月下にて別れの寒き語を二三

稿に侍し刻々赤し夜の林檎

Dのバツジ白し寒風押しわけ来

註 この頃独立（赤）平和（緑）自由（白）三色のDのバツジ運動が行われていた

ぼうぼうと盗汗《ねあせ》けぶらい霜夜の灯

冬日机辺を去り刻々に選挙勝つ

人を責めて来し冬帽を卓におく

紅梅稚《わか》し剪《き》らんとして侘つわが母に

拱けば不幸四方より蟻出で来よ

虻生《あ》れて硝子にいどむわが咫尺《しせき》

頰の痩せ肋の痩せや別れ霜

落椿涙たのしむ時代よ去れ

長稿終えし疲れと悔と蛙の声《ね》と

夏蜜柑むくや稿つぐ爪立てゝ

贈られし苺かゞやく枕辺に

ががんぼ壁に病歴すでに性《さが》に似し

3 浅蜊のうた

一九四九年五月廿七日、東京都下清瀬村の国立東京療養所に入所、石田波郷氏と同じ病室に入室、立木青葉郎氏も亦同室、咳痰はげしい病状のため、在室四、五日で同棟の個室に転入

東京療養所へ 一句

母にわれに片蔭りなき道はるけし

緑樹光まぶしベッドの人となる

めつむれば日盛りを来し肩の炎《もえ》

青葉若葉さゞめくなかや山羊うごく

緑樹光ひねもす山羊の痴呆のうた

旅の想い遠郭公をめつむり聴き

短夜やわが咳けば波郷痰を喀き

咳の間の短ゝ夜を移る星座群

昧爽や咳くを短ン夜の名残りとして

細胞機関紙「生ける火」をはじめて読む　二句

こゝにたゝかう火あり療舎は万緑裡

ともにたゝかう言葉多かれ万緑裡

移り来て黒南風ちかき栗櫟

―個室に転出―

日々熱の眼で押しもどす若葉光《かげ》

閑古鳥喉痛き日は言葉欲《ほ》る

―喉頭結核日々昂進―

折から個室の前に本多花壇の造営が作業患者有志の人々によつてはじめられる、故本多氏はクリスト者から共産党に入党した人、病友たちに信頼厚かつたときく。遺言により寄附された千円を以て、病友たちは生前花を愛した彼を記念し、彼の生涯を閉じた個室の前に、本多花壇を造営することになつたと聞く

窓ちかく日焼の肩が鋤きうごく

耕すも臥すも同病窓をへだて

鋤きあてる小石の音に梅雨晴れゆく

×　　×　　×

梅雨寒の痩せてなじまぬ膝がしら

細胞員春日正君来訪　一句

話しかけるまなぞこの灯よセルを着て

暁けやらぬ夏木へ流す危篤の灯

羞みの汗の真顔が患者拭く

白衣暑しみちのく訛り呼び交し

屍のやゝにぎわしく搬ばるゝ

眠れねば（連作）　四句

向けし灯に姿あらずも鳴く地虫

向けし灯に油虫逃げ鳴く地虫

向けし灯につまずきそめて鳴く地虫

向けし灯に声たちなおり鳴く地虫

コンちやんという看護婦も居りトマト食う

構想や遠ひまわりに首のべて

覗きこむ夕ひまわりに患者等留守

八月十五日は外気園芸班による花祭とて　一句

ダリア頒けゆく歩を軽やかに女子患者

人の死を泣きしが笑う汗若く

スリツパで佇つたそがれの向日葵に

一と声を吾に野分の猫去りゆく
不眠の眼閉じおり虫の声《ね》壮大に
霧のなか消えゆく魂を呼び呼ぶ声
夜を昼へ木立かぶさる虫時雨
金亀虫払い捨てゝは読みすゝむ
看護室より尾を曳く笑い月界へ
病むゆえの冗談冗語露離々と
宿直の灯《ひ》の夜々およぶ秋の蚊帳
肯定す挑むごとくに眉あげて
やゝ寒の手術に向う操車の音
その虫の声嗄れそめて読み終る
鵙が鳴くいくさに遠く且つ近く
霧ふかし痴呆は山羊の声のみかは
とぶ穂絮ふぐり三日の腫去つて
農婦の四肢つゝむ白衣を秋風に
朝寒のカルテ抱えて媚《こび》もせわし

この日わが町の婦人運動の代表より菊を沢山贈られ　一句

屑籠に菊盛りあげて幸充つ日
小鳥来るさまざまな声林中に
大焚火ばりばり焚いて十一月七日
かがやきて黄葉林は夜明け前
国売られゆくぞ鵙鳴け石も叫べ
詩稿めくる鉄工たりし手が眼前
初霜淡し青女が土に画きしもの
註　青女は寒気の女神
わが日曜セピアの木々と青空と
若き看護婦はしるに野の枯れ殺到す
晴雪や剃るわが顔は百相なす
看護帽寄せ合うて食う冬灯の下
病めばまた同志も狡し雪降るか
咳一過汗・洟・涎の泣き面に
悴み来て野に荒々と呼び交す
作業にゆく女患の嬌声枯木を縫い
咳去らぬわが身邪慳に寝返りす
その遠吠え狡く哀しく寒夜の犬

屍の担架野を容赦なく弾みゆく

某青年素描　一句

負けまじの前歯四本が冴え返る

焜炉の前波郷に顎の白毛みられ

退所する波郷氏に　一句

早春の風樹にひかり充ち充つごと

熱を訊くマスクの怒気と女の香と

バスの絃ゆたかに東風の楽はじまる

春来しよと叫《よ》ぶかに野辺の女の声

春暁を粧《けは》いし婦長に少し惚れる

浅蜊鳴かせ主人《あるじ》十年病み申す

浅蜊鳴かせ国への愛憎根かぎり

仰《あう》臥《ふ》して尿するとき囀れり

春暁の水切らぬ皿まくらべに

木の芽道すでに嬌声発すべく

病苦の皺ふかき日ならめ雲雀たかし

四月馬鹿来ていまシユーヴ唯中ぞ

註　シユーヴとは病巣が滲出性の危険状態にあるをいう

昏れ落ちし木々に囀りやまぬなり

痩せ痩せて春の真昼の大放屁

囀や泣き呉れる婆に声出ぬなり

註　二月以来シユーヴ深まり、腸結核・喉頭結核も昂進、この朝附添婦が来たときは遂に声全く出ず

声出ずに手真似幾日の春嵐

検温す白衣に野辺の日を匂わせ

春嵐虻澄む孤空を病臥の上

ストマイ注射の効果あらわれる　一句

どん底よりわずかづゝ快し蝿生まる

子雀を見に窓に来てよろけたり

金魚買つて病むメーデーを豪華にす

風も五月唇《くち》吸いに来し蝿に覚む

朝鮮戦争勃発　三句

一天をつん裂けば足る雷羨し

黒南風日々怒りは希望をつちかわん

譬うれば住みつきし蛾の大きこと

梅雨の夜の長呟きはペンが生む

南風《はえ》を額に文意ようやく立直る
合歓と爆音乙女らは祈る天ありや
トマト食つて病裸を曝す老婆の前
蟬しぐれ食欲不振の飯を削る

突然楸邨先生の見舞を受ける（師も亦病後の身）　三句

青年尚消えがたしシヤツの楸邨に
癒えさだか文芸手帳をシヤツの胸に
病苦貧苦のことなど汗し笑い合う
旭の尾長鳥《おなが》うつくし大暑定まるか
蟬と吾との金輪際を汗が這う
蠅打つて俳諧師めく呟きや
螢草遠去りし日も戦《いくさ》の日ぞ
山羊も秋へ多食多産の腰瘦せて
激戦報その夜を涼しく「第八のコース日本」
おはぐろの三度《みたび》訪いしを子への便り
怒る日も紫蘇はひそかに天映す

昌谷忠海君退所　一句

光る芒たゝかいへ一人友癒え立つ
鰯雲の底にわれ在り発熱す

ニュース解説なるもの始まり、日々吾等を教導す　二句

ドルの使徒縷々虫の夜へ解説す
かの日も斯く爽かに民を導きしよ
夜も踊るコスモスへ灯をともしたり

仁川港上陸の米軍が、北鮮軍捕虜を一糸もまとわぬ裸にせしめて、逃亡を防ぎ居る写真を新聞紙上にみて　二句

忘るまじ秋日に全裸の捕虜の群を
秋日に裸にされしとき吾等同胞《はらから》なり
鋭《と》く長く鵙ほとばしる顖剃るとき
阿呆らしき独り言洩れ夜長の稿
秋光灑々《さいさい》同志よ方途あやまつな

楸邨・波郷両氏を迎え句会、この夕個室で会食　一句

水煮きの舌にしむ酢も秋の暮

個室より句会々場遠望　一句

虫つのり師をかこむ灯の濃くなりぬ
十月の女患かぐわし作業衣著け

昨夜《よべ》の怒り鵙と明け居ていとはるか
黄葉《もみじ》してくろがねの幹林立す
想成らず穂草ひと葉は血の如し

古沢太穂君来所句会を開く　一句

都塵に生きる秋の日焼はいさぎよし
顎だして婆が押しわたる落葉の海
寒林に夕日みなぎる余滴音
冬の虹かゝりしという声はるか
たゝかう冬珠の如き娘《こ》われにあり
鉄筆はしる音を寒夜の微熱の外
極月の外套せわしく屍に蹤く
屍去つて寒林雲をたゞよわす
屍搬びし帰路は手つなぐ乙女等よ
股あげて枯木たわたわ昇ぎだす
親しさの若き罵声が霜林より
屍に蹤《つ》く夫人は枯木を縫うて蹤く
屍車きしむ音枯原に消えがたし

昨夏以来の党内論争この頃ようやく急。同志諸君の来訪ひんぱんとなる

足を互《かた》みに揺りつゝ寒夜のレポーター
林中より莞爾たるとき息白し
家組む槌音寒冴して霜天へ
—外科病棟新築—

枯草鳴らし確信得し肩去りゆくよ
批判に堪えおり足焦げるまで火にかざし
水洟かなし病母に語り及ぶとき
襟巻背に冬日の窓を跨いで去る
決し得ねば冬の松籟怒濤となる
批判に堪えし眼路をはるかに息白し

× × ×

冬日肩に心に翳るものとてなし
—外科病棟にて—

二月六日左胸部成形手術　十四句

はるかなる寒夜に母の声まじる
寒夜へ謝辞麻薬押しわけ押しわけて
母を寒夜へ帰しゝ安堵麻薬の裡
覚むるたび室花の緋と乙女の顔
—頻繁に血圧検査あり—

麻薬の外の寒夜足揉む一同志
呻き合う声にはさまれ寒夜遅々
寒夜わが命まもるは真乙女たち
わが唇《くち》に霜暁うごき始めたり
許され飲む霜暁の茶のかく甘き
生きて在り霜暁きらめくリンゲル液
黄濁の寒夜明けゆく雀の声
潔く創よみがえる寒気の中
寒き暁紅黄濁の夜の灯を残す
さよならと徹夜の看護婦手を振り去る

×　×　×

岩田昌寿病めば　一句

吹雪く夜が遥かにへだつ脳病む友
雪泥を床に残して忙しく去る
荒東風の野に脱糞の尾を振る猫
幾千の雑木萌え立つ声なき喊《とき》
磐石の創負える身に囀れり

この日選挙投票のため特に歩行を許され　二句

おどろきと祝福のなか青き踏む
外《と》にいでて摘みし菫と早蕨と
林中に今宵灯明くメーデー歌
メーデーのみやげのビラを乙女等より
五月わが桃色の肌いくとせぶり
若葉明るければ手をふり交しゆく

北川四葉君肺摘後膿胸治療のため掻把及び筋肉充填の手術をうける　二句

青橡映ゆる下に術後のねむり深く
青　橡　や　昏　睡　に　侍　す　麗　夫　人

六月廿八日右肺に反対側成形手術をうける。六日六晩奇異呼吸に苦しみ、幾度か窒息の危機を味う　十一句

夜を昼へひたすら喘ぎ蟬はるけし
喘ぎ喘げど梅雨雲のなか脱し得ず
悶絶を脱すや股間に熱尿洩る
肋躍りつゞく梅雨夜の酸素吸入器《ボンベ》の音
汗し食えば苦喘の放屁とめどなし
地虫耳朶に憑くや刻々に痰つまる

梅雨夜仔猫の諸《もろ》声ひしめく一息毎
生か死のみ我慢強しなどゆめ言うな
—或見舞の女性に—
梅雨夜母わが足を揉む愛撫に似て
痰切れじ切らねば生き得ず汗し喘ぐ
苦喘のはて「苦し」のわが声さだかに聞く

×　×　×

旺んなる頬の血色や死線を越ゆ
手術遠くなりゆく日々を栗育つ
向日葵かゞやく如き党務が予後に待つ

試歩　二句

巨人のごと手術経し身が蟻見おろす
つぶやくやわがゆくかぎり夏木立
ゴム長が鳴り堆肥がにおい霧の中へ
会釈送る手をひらひらと霧の中へ
霧の葉鶏頭おのが歓喜に輝くごと
コスモスの楽《がく》得て揺るゝ霧晴れつゝ
爆音去れ霧の向日葵輝くとき

秋晴の師を迎う帯かたく締む
術後の吾に秋暮歩合す友よ師よ
乳ぜり泣く子豚ら秋暮の灯の下に
楸邨佇つ秋の緋暗き大篦麻に
退所の斎藤はじめ君に　一句
秋風のはてぞ眉あげ見入るべし
囃す女患等銀杏黄葉の滝なすとき
降り注ぐ銀杏黄葉はめつむり受く
萌ゆるごとき緑はしりて黄葉す
ピアノ弾く手振りが囲み焚火もゆ
寄り添いて霜威のなかに焚火揚ぐ
ぬるでの朱を去りて杖ふる冬へ一歩
枯木倒され短き歓声病棟より

楸邨氏所望の紅篦麻の実を園芸班から貰い受け郵送する便に　一句

長身の師よ斯く篦麻も種は小《ち》さき
寒林となり鳥ごえの渡りおり
霜を統べ肥汲む臭い炎ゆるなり

林中わが白息ゆたかに梢の旭《ひ》
寒林に靄なびく日々病者等貧し
初雪やわが子少女は髪匂わず
風邪に咳くせばめし両肺かい抱き
めつむれば霜雫せり悴むなよ
夜雪降るかラッセルよりも遥かな音
火囲む看護婦雪解は簷をめぐりおり

不眠を嘆く隣人小島篤氏と終夜語る　一句

病みて二人の眠れぬ父に雪後の月
寒暁なり「おツす」の挨拶廊下を過ぐ
詩意疼く身が寒林を縫い歩く
冬灯にかがやか手術終え来し看護婦達
棘赤く薔薇蔓の弧が芽ぶくなり
咽ぶごと雑木萌えおり多喜二忌以後
雪をおく春へ窓明け看護婦留守
春雪かじる稚《わか》き豊頬白衣のまゝ
春を徐かに術後のいのち搬送す
春雪をのせて一枝の朱ばしれり

看護婦三人佇てばさだかに木の芽風
えごの芽やこの杜に若き母等病む
—保養園訪問—
蟇啼くやまた寒雷誌にふぐりのうた
かくていまも吉田を頂く万愚祭

四月八日燿子満十五歳　一句

レースのごと木の芽けぶれり貧しけれど

啄木祭（四十年忌）のシュプレヒ・コールに　一句

啄木忌の詩のコーラスへ咲き充つ桃

病父見舞のため外泊、久しぶりに町の人々と一夜会談、帰路メーデー見物に赴き、ゆくりなくもメーデー事件を発端からつぶさに目撃して帰所した　六句

むつまじき吾が老父母にパンジーなど
春灯下たたかう誰にも生活《たつき》の翳
メーデーの旗風のなか吾子癒えよ
—外苑にて—
血潮のシヤツしかも眉あげ押し返す
—人民広場にて—
五月陽のもと斯く民衆に挑みしもの

メーデー旗いまもはためくわが胸に
あやめ咲きぬ父母を結びし明治の恋
忙しさの来むかう暁《あけ》や水鶏たゝく
梅雨です肋です破防法など存じません
やまい日々私事にシヤツ着てたゝかう身は
悲しむ日も未来へ未来へ野川の声
爆音かぶさる基地の空より雲雀の声
—昭和村にて—

重病の折二年間附添看護をして呉れた大森ツルさん昭和村養老院で逝去（七月九日）

ダリヤ炎えよ身寄りなき婆の骨壺に
葉洩日のピケに佇つ身も蟬きくか
ジエツト機音去らせし眉もて議事を告ぐ
四方にすいッちよ杜の会議に月さしそむ
とにかく生きよ南瓜地を這いかく花咲く

党創立卅周年記念平和祭に構成詩演出　一句

汗し和す詩《うた》は許南麒「今は氷柱の時」と

右副睾丸炎を併発、十月一日手術をうける。この日衆院選挙投票行われ、悲報相次いでいたる　八句

鴫日々にするどしふぐり凶変裡
汚濁さながら生き来しものよ秋風よ
秋日に拭き拭くわが半生のかぐろき摩羅
器具音爽かザーメンブラーゼと呟く声
創に覚め月下はるかに始発の貨車
愁い千々虫千々創を支えとして
曇雲明るし明月天を歩む夜は
仰臥露けし悲報を民の啓示とす

× × ×

六人に陽《ひ》のカーテン垂れ落葉の声
夜盗のごと霜押し鳴らし野良犬共
未明の枯草鳴らしやまざり交る犬等
釘に掛けしレシーバーより雪夜の楽
胸うすき友の鼻より年明けそむ
女患春著はなやかなれば悲劇に充つ
かじかめば松籟つねに孰方《いづかた》より
議論のはての尿《しと》の香若し寒夜星
著ぶくれて病者にもある課長面

焚火あげてみな未来ある面構へ
コート裡の母をいとしみバスへ載す
拭かる丶肌に春の雪舞う硝子へだて

三月五日スターリン死す、この日飯島君強制退所問題解決　二句

古草をふみしめ帰るた丶かい終え
巨大な死へ春なお浅き小《ち》さき勝利
大地が放つ春の朝焼同志よさらば
かなしめばこ丶だ囀る雀たち
働く人等へ朱筆入れおり雪解ゆたか

清瀬村ベツレヘム療養園の一角に結核患者を父母に持つ子や孤児を教育する東星学園という学校がある、一日同園幼稚舎の子等修道女に導かれて当所の庭に遊びに来て、大いにさわぐ。折りしも池は蟇の交尾期であつた　五句

幼《おさな》のこえごえ春苑に来て一廓なす
こんりんざい雄の夢覚めず雌蟇の背に
苦海およぐ如く雄を負い蟇およぐ
交む蟇を親子と教え児等と佇つ
梅満開幸うすき児等背に膝に

松川事件被告小林・大内両氏を迎え座談会　二句

春服疲れし訥々の弁黒瞳《くろめ》澄み
春夜を去る提灯の輪へ声援す
芽ぐむ風とき丶おり風は遥かより
療院に春の虹立つた丶かえよと

この日外気班の若き友等と〝脱柵〟、メーデー見物に赴き、或隊列の末尾に加わり赤坂見附まで行進、友と別れ新橋までバス　十一句

緑がつ丶む赤旗の海メーデー歌
茅花《つばな》摘みし青山の野やメーデー歌
すかんぽ吸いしかの崖もなしメーデー歌
平和の歌充つ五月この苑《その》明治はるか
椎の間にメーデーのそら握飯《にぎり》うまし
ラムネ飲むや耳朶に溢る丶メーデー歌
腕組みゆけば椽の若葉と歌充つ空
列に歌えば幼き日の坂蕗垂れて
溜池へデモくだりゆくメーデー歌
メーデーの甍々よファシズム打て

無智と殺気の鉄帽の眼へメーデー歌
メーデー今宵病者らほそく歌い和し

五月某日、青山そと江さんの案内で立木青葉郎、吉村延子、六村功氏等と全生園を訪ね、患者運動の働き手たちと歌人村井葦生氏宅で歓談、折からの癩予防法反対運動についての説明などをきいて帰る　八句

五月水面にとび交う羽虫水《み》底に影
ふりむかぬ癩の背五月の畳打つ
癩者待つや薄暑かそけき風針器
南風《はえ》の集い顔さえ恥部の顔あげて
肩ふれあう吾も養痾のたゝかうシャツ
小手毬たゆたう此処癩園もたゝかえり
緑深きに「全生者之墓」銘すべし
麦生の訣れこの同志にさえ手かくす性《さが》

救世軍清心療養園職員組合は労働組合すら公認しようとせぬ園側の多年の圧制を蹴つて、六月廿三日遂にストライキを決行、六日六晩にわたる団体交渉の結果、その要求をたゝかいとることに成功した。この間同園の患者また多年の圧制排除のため独自の要求をかゝげて共同闘争に立ちあがり、ついにさしも独裁をきわめた米人園長シーマンズを帰国せしめるに至らしめた

会議のこえごえ梅雨の泥靴わけ入る時
梅雨晴の皆団交へ踏み立つ土
梅雨の拍手この奥に小川一灯病む
ストに暁けゆく短夜の樹々一灯生きよ
団交小憩徹夜の人等へ朝日の蝶
梅雨をたゝかう乙女等すでに泣き易く
梅雨旭《ひ》ざせたゝかう乙女の歌う輪に
あじさい卓に梅雨夜の団交大詰へ
スト終えし集い今宵は口紅《ルージュ》を濃く

—ストライキ後の慰労会にて—

ストすでに思い出今宵鮨など食べ
スト経て夏灯に唄う馬子唄革命歌

×　×　×

久に得し暇もてあます盛夏の天
遺しおくならん夜涼の一語一語

—帰　家—

四十路も佳し白靴しろく夜を帰る

スト解けば愚女とし争う汗醜く
仕事山と待ち居る汗の昼寝覚め
汗の子の手おけば女そだちし肩
夏草ふみわけ父と娘のカロ・ミオ・ベン＊
＊イタリーの歌曲「愛の調べ」
向日葵のほめきかがやく虫の闇
ペンと裸しよせん生涯かく忙しく

東療職組恒例の盆踊り大会にて――われも――　三句
真似て踊ること必死によろけ踊るなり
踊る今宵の患者をかくす頬かぶり
踊の輪へ眼は医務課長白地を著て

ソ同盟最高会議におけるマレンコフ首相の大演説の記事　二句
秋灯《あきび》の記事から長き拍手と爆笑と
秋灯にさだかマルクス以来のその諷刺
渡り鳥幾千の鈴ふらし過ぐ

外気舎に転出
小屋住むと秋霖に槌ひゞかせて
桜落葉す過去へ遥かに鋸曳くとき
秋暁の小屋に覚めおり雀間近
赤く冷く小屋に旭《ひ》ざせり茂吉は亡《な》し
ピーマンの青を小脇に癒えゆく身
秋夜独り膝に手おけば父病みき
帰路の三日月会議の人等は夜を徹せん
風邪の楸邨鼻下にはながみ附け残す
秋冷ゆと師にいたわられ恢復者
とめどなく噎する間も語を熄めず
秋灯《あきび》に熟睡《うまい》の仏相の児よ師の家辞す
通夜へ急ぐ月下や男女相いだく

十二月一日父逝く　二十五句
危篤の灯へ暁《あけ》を告ぐかに寒雀
冬晴へ危篤の一夜明け放つ
終《つい》の日か冬野を真直に立ちゆく烟《けむ》
臨終《いまわ》を統べ冴えし真白き長寿の眉
冬日さやかと告ぐれば頷く死迫る額《ぬか》
死よ来るな脈よむ日路の花八ツ手
父よ遂に脈みだれ次ぐ雪崩のごと

冬日燦々さよならを終《つい》の一語とす
永別やかく冴え澄みし翁《おきな》の相
凍てゆくやこの広額《ひろぬか》もて愛せしもの

十二月三日火葬（四句）

茶毘《だび》の火の寒気に轟く鉄扉の前
父焼く火気不孝不逞のわが面に
荼毘を待つ風邪身の悲愁は怒るに似て
遺骨拾う欷泣へ氷雨つのるなり
冬ばら冬菊微笑の遺影を夜もつゝむ
読経寒し禿《かむろ》・白髪の高弟たち
火桶それぞれ久に相見し指のべて

十二月六日葬儀挙行

仏間の咳音未明寒きに母起きて
香煙寒し袈裟とりどりの学徒僧

井上頼豊氏葬送演奏

寒き会者《えしゃ》等へ低くゆたかにバッハの曲

烏山小学校生徒五〇名来場し亡父作詞の校歌を斉唱

武器を捨てよと子等が歌うに雪呼ぶ空
寒夜の法宴孫等にはある青春歌
寒夜酔うて糞まるや泪あふれ落つ
雪の富士父亡き朝の茶を酌めば
黙すや冬霧喪の身を流る唧々《そくそく》と

句集　浅蜊の唄　―完―

【資料3】赤城さかえ評論「草田男の犬」

壮行や深雪に犬のみ腰をおとし　草田男

其頃、或療養所に入院してをつた私の隣室に、S君といふ東大某学部の助手をしてゐる前途有為の学究が入院して来られた。俳句といふものに頭から否定的な態度でゐた氏も、草田男俳句には興味を寄せ始め、後には草田男ゆゑに俳句も作るやうになり、「萬緑」の一冊が私の書架を留守に長いこと氏の枕頭に移つてゐることが多かった。年齢は私より六つ位若かつたと記憶するが、確か、早生れ・五年上り四年上り・一高・東大といふ秀才らしい早歩きをして来たため「学業年齢」はかなり私に接近してゐたし、卒業後も東大で一番進歩的な学部の研究室に這入った関係もあって「思想世代」の相違は年齢差ほどには感じられなかつた。むしろ、実践運動の経験を持ち、政治的没落の苦渋の中で日々自己崩壊の悲惨を経験してゐた私よりも、さうした崩壊を経験せす、「ダス・カピタール」一書の精読によつて思想の中核を築き上げてゐるS君の方が、素朴な公式主義を持ちながらも、思想的純潔の強さといふものに澄み切つてゐた。私が秘かに試作してゐた拙い一行詩にも、

昔のぼくが君となって攻め寄せる

歯を喰ひしばると崩れてゆく

何時か判る日もあるかと黙る

といふやうなものがある。尤も、第三句はS君との交友から生れたものでなく、S君よりも一とまはり若い人達との交友から生れたものであるが、いづれにせよ、私のみすぼらしくも暗ひ行路難のうたに違ひない。

さてそのS君が或日私に向つて、赤城さんが草田男の句の中で一番よいと思ふのはどの句か、と開き直つて訊ねて来た。私はその時、前掲の

壮行や深雪に犬のみ腰をおとし

の句を挙げ、これこそ俳句文芸の現代最高水準を示すものだと答へた。S君はその句を読み落してゐたらしく、一寸、ミユキの理解に戸惑ひされてゐたが、それが深雪のことだと説明されると、うーんと暫く、その句の世界を味つてゐるらしかった。氏はやがてその句に大変共感を覚えたらしく「ソーコーヤ、ミユキニイヌノミコシヲオトシか！」と、つぶやきながら、眼を輝かして、私にコツクリ、コツクリして見せた。が、直ぐそれに続いて、

「この句は否定のウタぢやないんぢやないですか、肯定のウタぢやないんですか。『壮行や』なぞ…？」

と、問ひ返さねば気の済まぬS君でもあつた。草田男俳句以外は認めないといふやうに草田男に打込んでゐたS君にとつて、同君が記憶してゐなかつた而も優秀な句を私に挙げられたことに、一種のねたましさに似たものを感じたらしいことが、さうした氏から感じられて微笑ましかつたが、私はその時、

「壮行や、がこの句の良さでせう…？」

と、稍〻意地悪い答へ方をしたことを覚えてゐる。S君は、

外套の釦手ぐさにたゞならぬ世

頻り頻るこれ俳諧の雪にあらず（二・二六）

世界病むを語りつゝ林檎裸となる

といふやうな句を挙げて、草田男氏の思想的位置に懐疑の言葉を陳べつゞけた。それらの句の底に見受けられる作者と世相との距離が少壮のマルクス学者にとつて相当飽き足らぬものであることは私にもよく判つたし、私自身にしてもそのやうな句からは草田男氏の思想年齢の陳《ふる》さをチラチラ見せられる思ひは避けがたかつたのである。私はそこで、「萬緑」の後書の言葉から「我北なりや、南なりや。我冬なりや、夏

なりや」を引いて、草田男氏自身が立つてゐる思想的位置について長いこと語り合つたのだつた。

S君はさうした草田男氏に就いて、結局悲観的見透しを陳べられ、二・二六の叛乱将校のテロルに怒りの歌を詠つた齊藤茂吉の方が一歩進んでゐるのではないか、といふ意味のことを述懐した。私としては、茂吉との比較論などは些か見当違ひに思はれたし、さうした批評で俳句よりも短歌を肯定しようとするS君持論にも肯へないものがあつたが、それにしても草田男北なりや南なりやの見透しについては稍〻悲観的な予感を抱かざるを得なかつたのである。たしかに、草田男氏の持つてゐる「近代」の限界については、氏自身が自問自答してゐるばかりでなく、草田男氏と思想的世代の接近してゐる人々にとつても絶えず一つの懸案をなしてゐた筈である。

戦争は、スターリンの言葉ではないが、実に克明に、すべてのものの本質を暴け出させた。が、更に戦后の混乱期はその戦争さへがあばき出せなかつたものの本質をも克明にさらけ出させてゐる。そして、このことは私たち自身にとつても、草田男俳句にとつても全く同様の結果をもたらしたのである。敗戦直後の「ひこばえ」のうたや「暑気下し」のうたや更には「お濠」のうたなどは小田切秀雄氏が指摘するまでもなく、私達を驚かせもし、落胆させもしたのであつたが、それらの句をめぐつての小田切氏との論争には、それらの句への一年以上も経た後の草田男氏の自己肯定が見られて、句から受けたものよりも更に大きな幻滅を感じさせられたのである。

もとより、作家の思想といふものが作品の価値を決定するのは、その思想の位置そのものではなく、その思想の方向と厚みにある。草田男氏が戦争支持の俳句を作つたり、敗戦の詔勅に泣き濡れた俳句を発表したところで、ただそれだけのことが草田男氏の詩人的価値を決定的に損ねるものではない。問題は氏が括弧つかずの前向きの詩人として歩んでゐるか、その歩みが豊かな青春性を保持したものであるかどうかである。現在の草田男氏に対する不安はさういふ豊かさが無くなつて、早老的な偏狭さと頑迷さが訪れてゐはしないかといふ不安なのだ。

さて、私が冒頭に掲げた

壮行や深雪に犬のみ腰をおとし

の句にしても、その句に潜む思念の位置といふことにのみ重点を置いて、「その程度の戦争に対する批評性は、草田男ならずとも持ち合せてゐる陳腐なものだ……」とか、或は又「その程度の句を作つて見ても、結局戦争に協力してしまつてたことから見ても、高く評価出来ないではないか……」といふやうな批評が行はれ勝ちな昨今の雲行きでもある。併し、そのやうな批評は果して正しいであらうか。

満洲事変以来の出征風景、駅頭や社頭での熱狂的な壮行図は、確かに過ぎ去つた古い日本の姿を一場に圧縮したやうな光景であつた。さうした壮行の場に、言ふに言へない憤りや絶望や嫌悪を味つて来た「憂国の士」も相当多かつた筈である。而も、それらの人の中からも、遂には戦争支持の「愛国者」が沢山出るやうになり、草田男氏も亦その一人となつたやうである。併し、このやうなことがすべて明かになつた現在でも、私は前掲の句の価値を少しも疑はないのだ。

さて、この句の功績は、何と言つても、人々が熱狂してゐる喧騒の中から、深雪に腰をおろしてゐる哲学者「一匹の犬」を見出した作者の批評精神である。この一匹の「草田男の犬」によつて、そこに画かれた群衆図は単なる写実を遙かに越えた詩の世界を展開する。エプロンに国防婦人会の襷をかけた主婦達、帽子を鷲摑みに振りながら団体を作つて歌ひ狂ふ学生達、酔つぱらつた安サラリーマンの乱舞、勿体ぶつた在郷軍人の横顔、顔青ざめた親族達の一群、一刻も早くその場から逃げだしたい心を秘めた出征者の表情、——さうした出征風景は未だありありと誰の眼にも残つてゐる筈だ。そして、このやうな情景には必ずや「草田男の犬」にも匹敵するやうな詩のモメントが幾つも転つてゐた筈である。併し、さうした喧騒の中から「一匹の犬」を見出し得る能力は、蚤取り眼の写生眼でもなければ感覚の鋭さでもない。「一匹の犬」を発見した作者の詩眼には長い間の思想の集積がある。何度も出征風景に接し、何度も考へさせられ、何度も煩悶し、何度も思想する——さういふ集積の果に「一匹の犬」が現れるのだ。草田男氏のこの句が昭和十五年のものであって、戦争初期の作品で無いことにも、私は斯うした作品の生れるまでの思想の蓄積を考へずにはゐられないのである。何故かと言つて、出征の熱狂風景に憤り、絶望し、憂慮しただけでは「草田男の犬」は決して現れて来ないからだ。戦争に対する懐疑とか否定とかはありふれたことである。その程度の思想の位置は確かに陳腐そのものだ。併し、あの長い戦争の時代にこの草田男の十七音詩に匹敵出来る渾然たる文学的表現を克ち得たものがどれ程あつたであらうか。否、広くこれを美術の世界にまで拡げて見ても、これだけの「犬」を画き得た作家はゐたであらうか。私は無かつたのではないかと思ふのだ。

太平洋戦争のさなかから日本の文芸の世界では象徴といふことが盛んに言はれた。和歌の伝統の中から中世的象徴の手法を引きずり出して、今更らしく問題にしたり、フランスのサンボリズムへの憧れが語られたりした。併しながら、人々は子規以後の短歌俳句の封鎖的世界での唯一つの功績とも言へる象徴的手法の発展に就いて正しい理解の眼を向けようともしなかつたのである。低俗な写生主義の風靡と半封建的な結社組織の封鎖圏内では、力強い近代リアリズムへの展開は充分な形で現れなかつたが、半面、封鎖圏内での内抗的発展といふものは、それが極度に限られた世界ゆゑに却つて鋭く研ぎ澄まされた成長を促進する面も持つてゐたのである。作品の上では非常に少いけれども、写生主義から近代リアリズムへ成長した上での写実的象徴にまで到達した作品も既に現れてゐる。そこには既に、中世象徴主義の「捉へがたき或物」の象徴や、フランスのサンボリズムの象徴のための象徴的手法を脱した、謂はば「写実の果の象徴」といふ世界が克ち取られてゐるのである。「壮行や」の句は、さういふ点からも短詩型文芸の最高水準に達してゐるのである。子規の革新の精神はここに一つの高次な結実を見せてゐる。この句の世界は決して象徴主義の世界ではなく、近代リアリズムの一つの頂点を示す世界である。

先刻、私は「草田男の犬」を発見した作者の手柄について述べたが、併し、この句の本当の手柄はその発見よりも「壮行や」の表現を克ち得た点にある。「草田男の犬」を発見することも決して生やさしいことではないが、その発見に胡坐をかいて散文的な気焔をあげることは出来ても、「壮行や」といふ高いリリシズムによつて、蒼白な批評の世界に、作者の内面のこゑをひびかせること、斯うしたことが一朝一夕の努力では到底達せられることではないのだ。「壮行や」の表現によつて、作者は批評家的客観の位置から、自ら詠ひ上げる詩人の位置に――つまり、自らを自分の句の中心に――しつかりと据ゑ得たのである。蒼白い知性から炎えさかる詩性への飛躍が斯くして遂行される。而も、依然として、この句の価値は「草田男の犬」を発見した批評精神でもある。このやうに形式論理的には一見矛盾したやうなこの句の性格こそが、われわれが明日の文芸に要請するところの、リアリズムとロマンチシズムとの統一の上に成長する新しいリアリズムの性格なのだ。

詩的表現のみならず、文芸に於ける批評精神といふものが、かつての「蒼白き知性」からよりヒユーマンな創造的精神として把握される時代が来てゐることを附記してこの小文を閉じよう。

—一九四七・八・六—

初出「俳句人」昭和二十二年十・十一月号

＊漢字は基本、旧字体から新字体に改めた。

【資料4】赤城さかえ哀悼　加藤楸邨

タンポポの黄を挿して愛づ一コップ　さかえ

通夜のとき赤城さかえの遺影の前に置かれたのがこの最後の句だった。この句は柔和な遺影とぴったりすると思った。実際さう思ったのは、赤城さかえのたくましい生涯殊に後半生の闘病生活のはげしさを理解してゐる者なら、誰でも肯くにちがひないことだと思ふ。あるひはそのたくましさにふさはしくないと考へる人もあるかもしれない。しかし本当のたくましさを経験した上でないと、かういふもののしづかな句は詠めないものである。たくましさけはしさを経てゐない単なるしづかさは力がない。この句を詠んだ赤城さかえを思いおこすと、「浅蜊の唄」から「赤城さかえ句集」を通してみられる意力的な作風が一つの深い息で支へられてゐるやうな、心からの親しみを禁めることができないのだ。

赤城さかえの生涯とその作風については今はとても語る気持になれない。永眠によって私の内にかへって何かを置き直されたやうな、一種の圧感を覚えてゐるので、これはそれぞれのあるべき位置に整頓されるまでには時間が要すると思ふ。それくらい赤城さかえは私のすぐ横にゐた感じなのである。

目をつむってみると、赤城さかえの声が生きてきこえてくる。

「先生。それはいけません。もっと自分の体力を考へて、それから何かやらなくてはいけませんよ。」

「先生の登山は甃れるのはどの辺だか試してみようといふあたってくだけろといふ無茶なやり方です。もっと自分を知らなくては駄目ですよ。」

「先生は僕を合理主義者だと考へてゐるらしいが、僕は決して単なる合理主義者ではありませんよ。本当にやりたいことを考へてゐると、それを実現する方法なり、経過なりを考へざるをえないだけです。本当はたいへんな感情家ではないかと思ってゐるのですが。」

「先生はやりたいからやるといふところが強みだ。しかし、やらなければならないからやるといふ風になってほしいと思ひますよ。」


かうして赤城さかえは生前と同じ調子で限りなく私に語りかける。社会のこと、人間のこと、病気にどう対処するかといふこと、単なるロマンチストでもなく、単なるリアリストでもないといふこと、野菜はどうして食べると体によいかといふこと、臥てゐて字を書くと手が疲れて利かなくなるが、さういふときはどうするとよいかといふこと。等々。

さうして最後に、あの特徴のある大きな口と、大きな目を少しばかりきびしくして、

「私が先生に最もやってもらひたい俳句の上のゆき方は………」

と語りかけてくる。赤城さかえとの二十年にあまる交友関係のうれしい期待として、この語りかけこそは生かさなければどうにもすまない気がしてゐる。（かなづかい原文通り）

赤城さかえ葬送
青あらし生あるものは皆揉まれ

＊「俳句研究」一九六七年八月号

【資料5】登場人物略歴

あ行

秋元　不死男（あきもと　ふじお）
1901年11月3日—1977年7月25日
本名、不二雄。旧号、東　京三（ひがし　きょうぞう）。「土上」嶋田青峰に師事。新興俳句弾圧事件に連座。戦後は他の「土上」メンバーとは一線を画し、新俳句人連盟脱退後に現代俳句協会を設立。山口誓子の「天狼」を経て「氷海」主宰。のちに現代俳句協会も脱退、俳人協会の設立に参加した。さかえと親しく、古沢太穂とも「横浜俳話会」を運営したが、彼らの俳句における党派性やイデオロギーには否定的で、さかえの句会や講演における党の勧誘や宣伝には苦言を呈している。

石田　波郷（いしだ　はきょう）
1913年3月18日—1969年11月21日
現代俳句を代表する俳人で境涯俳句と人間を詠み続けた。愛媛県垣生村生まれ。明治大学専門部文科中退。「馬酔木」では高屋窓秋、石橋竹秋子（のちの辰之助）とともに馬酔木三羽烏と呼ばれた。のち「鶴」を創刊、主宰。1944年に結核を発症して以来、生涯病苦との闘いとなった。赤城さかえと清瀬の療養所で同室となる。新俳句人連盟脱会後は現代俳句協会結成に参加。1969年、清瀬の療養所で死去。

石橋　辰之助（いしばし　たつのすけ）
1909年5月2日—1948年8月21日
安田工業学校（のちの安田学園高等学校）電気科卒業。本業は劇場の照明技師、のち日本映画社の制作課長。当時無名の赤城さかえに「草田男の犬」執筆のきっかけとなる原稿依頼をした新俳句人連盟委員長。戦前は「ホトトギス」から「馬酔木」に参加、石橋竹秋子の俳号で知られる伝統派の俳人でもあったが、京大俳句と新興俳句運動に感化され、西東三鬼らと「天香」を創刊、1940年に新興俳句弾圧事件に連座して投獄。連盟の中心人物だったが1948年、40歳の若さで粟粒結核に罹患し急死。

石原　八束（いしはら　やつか）
1919年11月20日―1998年7月16日
山梨県を流れる笛吹川の錦村二之宮で生まれる。中央大学法学部卒業。父も俳人で石原舟月。「雲母」の飯田蛇笏に師事。蛇笏の息子、龍太と編集に携わる。戦後は三好達治に師事し、松澤昭や文挾夫佐恵らと「秋」を創刊、のち主宰。さかえとは石田波郷を通して出会い、『現代俳句全集』や『現代俳句講座』を共に編纂している。連盟との直接的な関わりはなかったが公私に親しく、さかえの現代俳句協会における理解者でもあった。

か行

加藤　楸邨（かとう　しゅうそん）
1905年5月26日―1993年7月3日
「寒雷」主宰。東京市北千束（大田区）生まれ。東京文理科大学（現・筑波大学）国文科卒業。青山学院女子短期大学国文科教授。第2回蛇笏賞受賞。赤城さかえの結婚式の媒酌人も務め、自由で多様な楸邨の姿勢は「楸邨山脈」と呼ばれ、さかえの生涯に渡る師であった。

金子　兜太（かねこ　とうた）
1919年9月23日―2018年2月20日
埼玉県比企郡小川町生まれ。東京帝国大学経済学部卒業。戦前は嶋田青峰の「土上」、加藤楸郵の「寒雷」に投句。卒業後は日本銀行に入行、海軍主計中尉としてトラック島に赴任。戦後は復刊した「寒雷」とともに沢木欣一の「風」創刊に参加、新俳句人連盟中央委員も務めた。1962年「海程」創刊、1983年現代俳句協会会長に就任。2002年『東国抄』で第36回蛇笏賞、2008年に文化功労者。2018年、98歳で死去。当時の寒雷同人として赤城さかえを知る数少ない生き証人でもあった。

栗林　一石路（くりばやし　いっせきろ）

1894年10月14日―1961年5月25日

プロレタリア自由律の中心的人物で新俳句人連盟初代幹事長。長野県青木村生まれ。「層雲」荻原井泉水に師事するも、思想を全面に出したい一石路には作風が合わず橋本夢道とともに離脱、「俳句生活」を創刊する。1941年、新興俳句弾圧事件に連座。「改造」や新聞聯合社（同盟通信社）の記者として日中戦争の従軍取材も経験している。1961年、肺結核で死去。その生涯は『私は何をしたか 栗林一石路の真実』（信濃毎日新聞社）に詳しい。

草皆　白影子（くさかい　はくえいし）

1925年9月9日―1971年11月4日

本名・草皆太平。抑留俳句で知られる。ソ連軍と交戦して負傷、樺太のラーゲリで三年間の捕虜生活を送る。復員後「葦牙」「道標」同人。北海道で「ガンマー」を立ち上げる。本業は放射線技師。1971年、白血病により48歳で死去。

さ行

佐藤　鬼房（さとう　おにふさ）

1919年3月20日―2002年1月19日

「小熊座」主宰。岩手県釜石市出身。1940年、

徴兵で中国、南方戦線と転戦。長谷川天更「東南風」同人、戦後は西東三鬼に師事、新俳句人連盟中央委員でもあった。１９５４年、第３回現代俳句協会賞受賞。１９９３年、第27回蛇笏賞受賞。

佐藤　雀仙人（さとう　じゃくせんじん）

１９０９年３月12日―１９９７年７月14日

本名は佐藤二郎、戦前の俳号は室町秋香。福島県小綱木村生まれ。尋常小学校卒業後、野田醤油に就職、のち日立製作所亀戸工場の工員となる。三女を栄養失調で失うなど戦争の苦難とプロレタリアとしての貧しさの中で社会性俳句を詠んだ。「南柯」同人、「野菊」、「俳句文学」創刊、「雑草」主宰。新俳句人連盟中央委員、千葉県俳句作家協会顧問。「野田俳諧史」で全国俳誌協会評論賞、１９８０年には野田市文化功労賞受賞。句集『鉄骨と雀』、著書『下総と一茶』。

芝子　丁種（しばこ　ていしゅ）

１９０４年11月21日―１９８９年５月28日

赤城さかえと「草田男の犬」論争を繰り広げた論客。本名、鈴木雋一郎（すずきしゅんいちろう）。東京の芝生まれ。戦前は国民新聞、第一書房「セルパン」、大日本婦人会「日本婦人」、写真連盟「日輪」、海軍の慰問雑誌「戦線文庫」の記者、編集者として活躍。俳句は同じ国民新聞出身の「土上」嶋田青峰に師事。芝子丁種の名の由来は芝に生まれた子で、徴兵検査で丁種合格だったことから。戦後は新俳句人連盟の結成に参加、連盟幹事として旧土上メンバーの古家榧夫や島田洋一らと共に論陣を張るが、「生活のため」俳句を引退するとして古家榧夫とともに連盟を退会。職を転々としながら妻、ヤエ（１９１６年７月４日―１９９４年２月17日）と藤沢市辻堂から茅ヶ崎に転居、晩年は認知症のヤエを在宅介護、一時期「茅」で復俳するも、85歳で膵臓がんのため茅ヶ崎徳洲会病院にて死去。子はおらず、東京都渋谷区千駄ヶ谷の仙寿院、鈴木家の奥つ城にヤエ（丁種の死後、座間中央病院で死去）とともに葬られた。

島田　洋一（しまだ　よういち）

1913年11月7日―1979年10月26日

戦後の表記は「島田」。本名および戦前の表記は嶋田洋一（表記ブレ多数）。父は「土上」主宰の嶋田青峰。早稲田大学国文科在学中に「早稲田俳句」を創刊したメンバーの一人。家の光協会の編集者として活躍。新俳句人連盟では「俳句人」編集部長を務めたが1950年、旧「土上」の芝子丁種や古家榧夫らとともに退会。以降は入門書の執筆や、大野我羊の「東虹」などで俳句を詠むにとどまった。

た行

高橋　鏡太郎（たかはし　きょうたろう）

1913年3月24日―1962年6月22日

詩人、俳人、エッセイスト。大阪市出身。アテネ・フランセで学ぶ。佐藤春夫の書生となり、俳句は久保田万太郎に師事するも素行不良により除名。いわゆるロマンチストかつ無頼、破滅型の作家で、リルケを愛し、石田波郷に心酔した。新俳句人連盟の中央常任委員だった時期もある。1962年、信濃町で泥酔したあげく崖に寝そべり転落死。49歳没。その波乱の生涯は石川桂郎『俳人風狂列伝』に詳しい。

高屋　窓秋（たかや　そうしゅう）

1910年2月14日―1999年1月1日

名古屋市生まれ、父親の転勤で熊本へ。九州学院卒業。戦前は「ホトトギス」から「馬酔木」編集長を経て石橋辰之助らとともに京大俳句に参加、戦後は新俳句人連盟を経て現代俳句協会設立に参加。山口誓子「天狼」創刊にも参加。戦前戦後の前衛俳句運動の重要な俳人だが、1950年ごろから寡作となった。

な行

中村　草田男（なかむら　くさたお）

1901年7月24日―1983年8月5日清国アモイ生まれ。東京帝国大学国文科卒業。成蹊大学名誉教授。本名、中村清一郎。「ホトトギス」高濱虚子に師事、東大俳句会で水原秋櫻子に学ぶ。戦後「萬緑」創刊、主宰。現代俳句協会幹事長を務めたが路線対立から俳人協会を設立、初代会長に就任。「草田男の犬」論争における作品当事者だが沈黙を守った。1972年紫綬褒章。1983年、急性肺炎で死去。

は行

橋本　夢道（はしもと　むどう）

1903年4月11日―1974年10月9日自由律を代表する作家の一人で徳島県北井上村（藍住町）生まれ。荻原井泉水の「層雲」に投句、井泉水に師事するもプロレタリア自由律の道へ。1941年、新興俳句弾圧事件に連座。戦後は新俳句人連盟に参加、赤城さかえの結婚式の副媒酌人を務めた。1971年死去。没後の1975年、句集『無類の妻』で第7回多喜二・百合子賞受賞。みつまめに餡を盛った和菓子「あんみつ」の考案者でもある。その生涯は『橋本夢道物語』（殿岡駿星著）に詳しい。

藤田　湘子（ふじた　しょうし）

1926年1月11日―2005年4月15日

神奈川県小田原町生まれ。工学院工業専門学校（のちの工学院大学）中退。国鉄に勤め、俳句は水原秋櫻子に師事。「馬酔木」編集長として赤城さかえに「戦後俳句論争史」執筆を依頼した。「鷹」主宰、現代俳句協会副会長。2005年、胃がんで死去。

藤田　初巳（ふじた　はつみ）
1905年10月25日―1984年9月25日
本名、藤田勤吉。東京の本所横網生まれ。法政大学国文科卒業。三省堂編集者。「広場」を主宰したが新興俳句弾圧事件に連座。校正のスペシャリストで『校正のくふう』（印刷学会出版部・1966年）という著書もある。

藤村　作（ふじむら　つくる）
1875年5月6日―1953年12月1日
赤城さかえの父。国文学者で専門は近世文学、井原西鶴研究。福岡県柳川生まれ。東京帝国大学国文科卒業。東京大学名誉教授、第九代東洋大学学長、関東女子専門学校（のちの関東学園大学）名誉学長、日本文学協会創立会長。

古沢　太穂（ふるさわ　たいほ）
1913年8月1日―2000年3月2日
赤城さかえの盟友にして戦後社会性俳句を代表するコミュニスト俳人。本名、太保（たもつ）。富山県の芸妓置屋の子に生まれ、法政大学商業学校（のちの法政大学高等学校）を経て東京外国語学校（のちの東京外国語大学）専修科ロシヤ語学科卒業。結核に罹患、入所先の療養所で俳句と出会う。俳句は「寒雷」創刊同人として参加、秋元不死男の推薦で新俳句人連盟に入会、同じ「寒雷」の赤城さかえと「沙羅」、のち「道標」を創刊。句集『捲かるる鷗』で第12回多喜二・百合子賞を受賞。1983年、第32回横浜文化賞受賞。新俳句人連盟の会長を長く務め、現代俳句協会顧問でもあった。2000年、肺炎で死去。

古家　榧夫（ふるや　かやお）

1904年11月20日―1983年6月7日

本名、古家鴻三（ふるや　こうぞう）。戦前の旧号、榧子（ひし）。神奈川県横浜市生まれ、旧制一高中退（資料によっては卒業とも）。研究社で英語辞典、アメリカ映画の配給会社に携わるなど英語に堪能だった。俳句は「土上」嶋田青峰に師事、新興俳句弾圧事件に連座して投獄。戦後の一時期は「ヴォルガ書房」を経営する傍ら新俳句人連盟の結成に参加、新俳句人連盟書記長、「俳句人」編集発行人を務めたが「生活のため」と退会、俳句引退。復俳することなく英語講師として代々木ゼミナール、早稲田ゼミナール、新宿セミナーなど多数の予備校で教えた。代々木ゼミナールの校歌も作詞している他、受験英語の著書多数。78歳没。

細谷　源二（ほそや　げんじ）

1906年9月2日―1970年10月12日

戦前の俳号は細谷碧葉。東京市山吹町生まれ。工手学校（のちの工学院大学）中退。新興俳句弾圧事件に連座、出獄後の1945年7月、北海道移民団の一員として開拓地に移る。新俳句人連盟に参加するも離脱、「北方俳句人」の中心人物として活動、「氷原帯」主宰、現代俳句北海道地区会議初代議長。その半生は自伝『泥んこ一代』（春秋社）に詳しい。

ま行

湊　楊一郎（みなと　よういちろう）

1900年1月1日―2002年1月2日

北海道小樽市生まれ。本名、久々湊与一郎（くくなと よいちろう）。中央大学法学部卒業後、弁護士となる。戦後は新俳句人連盟の結成に参加、「俳壇戦犯裁判私案」は物議を醸した。俳論『俳句文学原論』、句集『裸木』。1990年、第三回現代俳句協会大賞を受賞。102歳で死去と長命であった。

や行

山本　健吉（やまもと　けんきち）
1907年4月26日―1988年5月7日
昭和を代表する文芸評論家。長崎市生まれ。慶應義塾大学国文科で折口信夫に師事。明治大学教授、日本芸術院会員、日本文藝家協会会長。1983年、文化勲章受章。戦前の一時期、日本共産党の活動で拘留されている。「自伝抄」によれば改造社の入社試験を受けて「俳句研究」編集部にいたころには党から抜けていたが、淀橋区柏木（北新宿）で向かい合わせに住んでいた詩人の原民喜（党の連絡係だった）と淀橋署に連行されたという。

横山　林二（よこやま　りんじ）
1908年12月20日―1973年2月25日
東京市芝新網町に育つ。特殊小学校から専修商業学校を経て早稲田大学政治経済学部卒業。「層雲」の荻原井泉水に師事、栗林一石路や橋本夢道とともにプロレタリア自由律を詠む。1941年、新興俳句弾圧事件に連座して投獄、獄中で結核に罹患。戦後は新俳句人連盟に参加、また古沢太穂の「道標」同人でもあった。1973年、喀血による窒息で死去。

【資料6】参考文献

書籍　※発行年および刷年順

『浅蜊の唄』赤城さかえ著、書肆ユリイカ（1954）
『戦後俳句論争史』赤城さかえ著、俳句研究社（1968）
『定住漂泊』金子兜太著、春秋社（1972）
『俳人風狂列伝』石川桂郎著、角川書店（1973）
『秋元不死男俳文集』秋元不死男著、角川書店（1980）
『稀れな仙客』石原八束著、角川書店（1984）
『山本健吉全集 第16巻』山本健吉著、講談社（1984）
『赤城さかえ全集』古沢太穂、石塚真樹監修、赤城さかえ全集編集委員会編（1988）
『赤城さかえの世界　昭和俳句文学アルバム2』古沢太穂編著、梅里書房（1992）
『赤城さかえ　花神コレクション〈俳句〉』藤田湘子監修、花神社（1994）
『青春の夢　風葉と喬太郎』小中陽太郎著、平原社（1998）
『新興俳人の群像「京大俳句」の光と影』田島和生著、思文閣出版（2005）
【新装版】現代政治の思想と行動』丸山眞男著、未來社（2006）
『彼らは自由だと思っていた　——元ナチ党員十人の思想と行動——』M・マイヤー著。田中浩、金井和子訳、未來社（2006・第6刷）

『私は何をしたか 栗林一石路の真実』栗林一石路を語る会、信濃毎日新聞社（２０１０）
『橋本夢道物語 妻よおまえはなぜこんなに可愛いんだろうね』殿岡駿星著、勝どき書房（２０１０）
『戦争俳句と俳人たち』樽見博著、トランスビュー（２０１４）
『古沢太穂全集 補遺 戦後俳句の社会史』古沢太穂全集刊行委員会編、へいわの灯火舎（２０１５）
『新俳句人連盟七〇年 歴史と作品』新俳句人連盟（２０１６年）
『俳句の底力 下総俳壇に見る俳句の実相』秋尾敏著、東京四季出版（２０１７）
『虚子は戦後俳句をどう読んだか 埋もれていた「玉藻」研究座談会』筑紫磐井著、深夜叢書社（２０１８）

雑誌掲載 ※初出年順。基本、参考文献として挙げた書籍収録作品は除く。

「詩人たれ」岡邦雄（「俳句人」昭和二十一年創刊號、2頁―4頁）
「戦争中の俳壇」古家榧夫（「俳句人」昭和二十一年創刊號、18頁―20頁）
「俳句及び俳句人に就いての一展望」菱山修三（「俳句人」昭和二十二年新年號、2頁―7頁）
「告白を待つ」K（「俳句人」昭和二十二年新年號、7頁）
「再びの夏」芝子丁種（「俳句人」昭和二十二年新年號、25頁）
「俳壇戰犯裁判のこと」湊揚一郎（昭和二十二年新年號、34頁―36頁）
「俳壇の戰犯問題について」新俳句人連盟（「俳句人」昭和二十二年五月號、2頁―3頁）
「私は何をしたか ―― 戦争責任の自覺について ――」栗林農夫（「俳句人」昭和二十二年七・八月號、32頁）
「草田男俳論のオプチイミズム ―― 批判精神を中心として ――」山口草蟲子（「俳句人」昭和二十三年一月號、

40頁―42頁）
「俳句のモーロー性」島田洋一（「俳句人」昭和二十三年一月號63頁―64頁）
「俳句作品合評會」石橋辰之助、島田洋一、芝子丁種、中台春嶺（「俳句人」昭和二十三年三月號）
「草田男の犬について」潮田春苑（「俳句人」（昭和二十三年十二月號、17頁―18頁）
「小市民的日和見主義　――細谷源二批判――」栗林農夫（昭和二十四年「俳句人」五月號）
「下總と一茶」佐藤二郎（「俳句人」昭和二十四年九月號、13頁―15頁）
「長屋住人の歌」潮田春苑（「俳句人」昭和二十五年一月號、22頁）
「編集後記」（「俳句人」昭和二十五年一月號、50頁）
「常任中央委員會報告 編集部長の件」（「俳句人」昭和二十五年二月號、31頁）
「常任中央委員會報告 書記長辞任の件」（「俳句人」昭和二十五年三、四合併号、22頁）
「石橋辰之助追悼號」「俳句人」昭和二十五年五月号
「赤城さかえ氏カンパの件」「俳句人」昭和二十五年五月号、47頁）
「常任中央委員會報告 機関誌発行が不可能になつたとの十二月書房からの申入れの件」（「俳句人」昭和二十六年二月五日臨時号、14頁）
「常任中央委員會報告 書記長辞任の問題」（「俳句人」昭和二十六年二月五日臨時号、14―15頁）
「句集紹介「浅蜊の唄」赤城さかえ」（「俳句人」昭和二十九年十一月号、23頁）
「二つの句集「百戸の谿」「浅蜊の唄」」青池秀二（「寒雷」昭和二十九年十一月号）
「駝鳥狩」高橋鏡太郎（「俳句人」昭和三十年十一月号、4頁―5頁）

「思想と生活と俳句（浅蜊の唄読後）」鯨井喬（「寒雷」昭和三十年三月号）
「連盟の新中央委員決まる」（「俳句人」昭和三十一年八月号、17頁）
「新中央委員名簿」（「俳句人」昭和三十三年八月号、25頁）
「底辺の感想」大原テルカズ（「俳句人」昭和三十四年二月号16頁―18頁）
「〝鉄骨と雀〟感想」赤城さかえ（「俳句人」昭和三十九年六月号7頁―8頁）
「赤城さかえ追悼特集」（「俳句人」昭和四十二年九月号）
「赤城さんを悼む」佐藤鬼房（「俳句人」昭和四十二年九月号、2頁―5頁）
「赤城先生の思い出」望月たけし（「俳句人」昭和四十二年九月号、12頁―13頁）
「草皆白影子追悼」石塚真樹、庄子真青海（「俳句人」昭和四十七年二月号）
「横山林二追悼特集」（「俳句人」昭和四十八年六月号）
「橋本夢道追悼特集号」（「俳句人」昭和五十年2・3合併）
「三十周年記念誌のために「草田男の犬」のこと」金子兜太（「俳句人」昭和五十一年七月号、4頁）
「ジャングル白書」芝子丁種（「俳句研究」昭和五十二年三月号、30頁―31頁）
「もっと論争を」松田ひろむ（「俳句人」昭和五十四年七月号、表2）
「なお続く………――潮田春苑『旅』――」谷山花猿（「俳句人」昭和五十七年十月号、24頁）
「古家榧夫氏の思い出」潮田春苑（「俳句人」昭和五十八年九月号、41頁）
「古家榧夫を悼む」湊揚一郎（「俳句研究」昭和五十八年九月号、152頁―153頁）
「核戦争後の地球――NHK世界の科学者は予見する――」潮田春苑（「俳句人」昭和五十九年十月号、表2）

「一匹の俳句の好きな油虫」芝子丁種（「茅」昭和六十一年一月号）

「私説俳句史5　詩を撒く仕掛け人（芝子丁種）」大輪昌（「俳句」昭和六十二年五月号、114頁―115頁）

「ペレストロイカ」潮田春苑（「俳句人」平成二年一月号、8頁）

「古家榧夫と「ポエチカ」――古家榧夫没後八年に当って――」細井啓司（「俳壇」平成三年五月号、106頁―111頁）

「芝子丁種の最晩年」細井啓司（「俳句人」平成八年九月号、17頁―20頁）

「回想の俳人たち」井上宗雄（「和歌と俳句　――連作の問題などについて――」俳文学会第五十九回全国大会公開公演、平成十九年十月十四日、40頁―43頁）

「句歌で巡る野田21 佐藤雀仙人」実籾繁、秋尾敏（「グラフ野田」49、平成二十八年）

著者略歴

日野百草（ひの・ひゃくそう）

1972年5月13日千葉県野田市生まれ、東京都日野市在住。本名、上崎 洋一（うえさき ひろかず）。被爆二世（長崎）。

出版社勤務を経て、人間の業と闇をテーマにノンフィクションを執筆。著書は米「Newsweek」日本版で紹介された『ドキュメント しくじり世代』をはじめ、『ルポ 京アニを燃やした男』（共に第三書館）、小学館「NEWSポストセブン」の寄稿をまとめた共著『誰も書けなかったパチンコ20兆円の闇』（宝島社）など。雑誌「プレジデント」および「プレジデントONLINE」にもルポルタージュを執筆。2021年第27回雑誌ジャーナリズム賞候補。日本ペンクラブ会員。

俳句は2014年より作句を始め、2017年「過去帳」で全国俳誌協会賞、「故郷」で宝井其角俳句大会準賞、「無産階級」他で鷗座賞を受賞。2018年「少年兵」で新俳句人連盟賞選外佳作。句集『無中心』。俳論は2016年、2018年に現代俳句評論賞候補、2018年「砲車は戦争を賛美したか 長谷川素逝と戦争俳句」で日本詩歌句随筆評論賞評論部門奨励賞を受賞。「戦前の自由律における社会性俳句」（『橋本夢道の獄中句・戦中日記』2017年）、「はぢける如く―高濱虚子と河東碧梧桐―」（「俳壇」2019年）、「碧梧桐の新傾向以降」（「俳句界」2020年）など、忘れられた俳人とその史実を中心に執筆。現代俳句協会会員、「玉藻」「鷗座」同人、朝日カルチャー講師。

E-mail: hinohyakuso@gmail.com

石炭袋

評伝　赤城さかえ
――楸邨・波郷・兜太に愛された魂の俳人

2021年7月4日初版発行

著　者　　日野　百草
編　集　　鈴木比佐雄・鈴木光影
発行者　　鈴木比佐雄
発行所　　株式会社コールサック社
〒173-0004　東京都板橋区板橋2-63-4-209号室
電話　03-5944-3258　FAX　03-5944-3238
suzuki@coal-sack.com　http://www.coal-sack.com
郵便振替　00180-4-741802
印刷管理　株式会社コールサック社　制作部

装幀　松本菜央

ISBN978-4-86435-484-4　C0095　￥2000E
落丁本・乱丁本はお取り替えいたします。